揭 穿 ， 是 因 为 心 疼 你 。

# 人生需要揭穿

丁丁张 作品
DINGDING ZHANG

北京联合出版公司
Beijing United Publishing Co.,Ltd.

**图书在版编目（CIP）数据**

人生需要揭穿 / 丁丁张著. — 北京：北京联合出版公司, 2016.1

ISBN 978-7-5502-6740-4

Ⅰ. ①人… Ⅱ. ①丁… Ⅲ. ①故事 - 作品集 - 中国 - 当代 Ⅳ. ①I247.8

中国版本图书馆CIP数据核字(2015)第286105号

**人生需要揭穿**

作　　者：丁丁张

责任编辑：牛炜征

---

北京联合出版公司出版

（北京市西城区德外大街83 号楼9层　100088）

北京盛通印刷股份有限公司　　新华书店经销

字数：213千字　　880 毫米 × 1230 毫米　1/32　　印张：9.75

2016年1月第1版　　2016年1月第1次印刷

ISBN 978-7-5502-6740-4

定价：39.80 元

---

很高兴你打开这本书

我是丁丁张

有些话我想告诉你

有些声音也想让你听到

音乐部分由梁晓雪先生提供

# 目次
Contents

## Part 1

## 文艺青年的自救须知

## Part 2

必知 的
骗 人 鬼 话

## Part 3

我要让你
看 我 幸 福

目 - 次

## Part 4

实　用　派
技术指南

## Part 5

结果才重要

\ Contents

## Part 6

旧爱
小三
极品们



## Part 7

一切
都是暂时的

那些可歌可泣的小日子，变成字字句句的老故事。

很 多 不 得 不 ， 才 构 成 人 生 啊 。

有闹钟的觉总是最香，有忌惮的人总显得珍贵。

最后的最后，你之前恨的交道，都变成你需要感谢的相逢。

那些可歌可泣的小日子，变成字字句句的老故事。

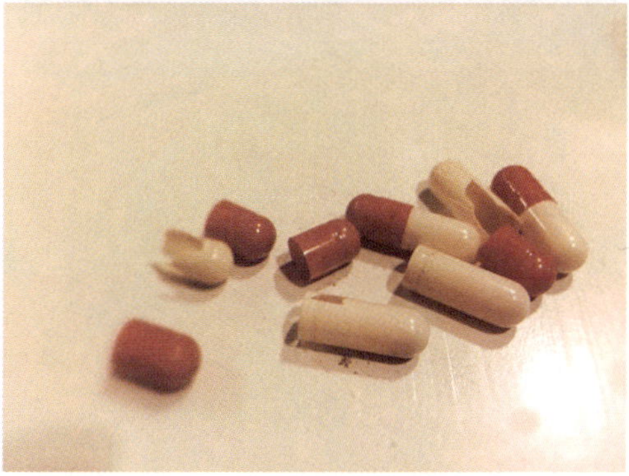

没 有 最 好 的 选 择 ， 只 有 适 当 的 选 择 。

那些让我们未来感慨万千的，
必定让我们现在寝食难安，
往前走就对啦。

# 一别经年

再版序

你们现在好吗？

如果有机会让我问所有读者一个问题，我想问这个。

时间过得真快，以至于到再版的时候，发现《人生需要揭穿》已经出版三年了，而我已经度过了那些纠结，与不曾打过照面的人熟识，和曾经互相喜爱的人分别，迎接生命中必须接纳的失去，这些都是平常的事。

而我希望你们也如此，或者，当年你把《人生需要揭穿》当作枕边圣经，现在却可以嗤之以鼻，但笑我们当年多傻多空洞，也是一种纪念。

我仍爱当年那个心心念念执着的自己，仍爱当年要共同面对爱情难题的我们。所以从这个意义上看，对爱情变得轻松并不见得是什么好事，它或许证明了我们正在失去斗志，能量变弱，要沉浸于脑满肠肥的生活和暂时得意的日子。

有人不忍释卷，有人为此写了长评，有人看完了分手，有人分手后看了又看，每本书都有自己的命途。《人生需要揭穿》显然是黏在大家的爱情边上，斩钉截铁，语句清晰，现在看来，它依然是一瓢兜头冷水，半个冰西瓜，双倍量的咖啡。若你需要，它随时都可以唤醒你，但它也不鼓励你与世界为敌，它甚至非常温暖。后来，我们一起走过很多校园，见过很多人，因为这本书和他们嬉笑怒骂、说说闹闹。后来，我们都觉得，“揭穿，是因为心疼你”，我们终究是一样的人，像一个好朋友，骂你最狠，也陪你最长，疼你最久。

没有什么比你过得好，知道自己要什么，并为此感到快乐更好的事儿。

所以你好吗？你有没有为自己争气？变成更好的人？找到更对的人？这是我的疑问，我问自己的同时也问你，谢谢我们彼此的陪伴，并感谢你们让喋喋不休变成一本有点价值的书，并因此获得力量。

感谢我的图书经纪人北宜，她依然在认真地帮助我，感谢磨铁的沈总、魏玲和大家，选择深信我，而我又值得深信，证明我们都三观正确，眼光很好。

人永远都在长大，永远都有人在爱上不服气，摔跟头，屁滚尿流。成长，是件必须经历的好事，当然会伴着痛苦，而把这些痛苦的好事记录下来，这大概就是《人生需要揭穿》的意义。

——丁丁张

04

# 我和我被揭穿的人生

自序

如果人生是由无数问题组成的，揭穿它们是不是可以帮助很多人少走弯路？

其实我从来没有考虑过这个问题，在我成为一个喋喋不休、好为人师的中年人之前，我很希望这些总结有助于自己。自从2010年有了微博之后，我创建了很多个自有栏目，包括“情话”“狗日子”“小时候”“普通青年和文艺青年”，其中这个“人生需要揭穿”历时最久，转发量也最多。由此我也看到很多和我一样遭遇人生问题的人，他们和我同样迷惑、苦恼、无法面对人生某些难堪的时候，到底揭穿它还是躲开它，这似乎是个问题。于是，我试着总结，让自己在一篇篇小文字中得到安慰，当然，每个作者都在写向往的自己，这其中有很多我也无法达到，可我愿意把这些写下来。

但这不是我微博内容的集合，“人生需要揭穿”六个字似乎有种奇怪的魔力，任何内容一被它加持，立即显得意义深远。而当我带着这六个字去和各种人聊起他们的故事时，他们都愿意认真地告诉我，并且眼里闪着光亮。

揭穿人生没有任何窍门，它们的终极逻辑就是直接、简单、去往你心之向往的地方，这也是我鼓励自己达到的人生态度，它有些愿赌服输、宿命，却也真实、自然而然。而关于这本书里的人，你可以尝试去想象，他们就是你身边的普通朋友，他们都为爱情所伤，又都伤过别人，他们的故事真实可感，几乎没有相同经历，却有相同遗憾。

这不是关于解决人生问题的书，而更像是一本记录我和朋友们成长经历和感情经验的书。事实上，后来我也发现，我从没有因为读过什么而真正改变自己的思考方式和行为模式；这也不是苦口良药、逆耳忠言，而更像是一些故事发生之后的自然表达，像去了一个场景，看了一场烟花，走过了一段路之后的感受。它并不像名字那样冷酷，它只是一个人在路上的所见所闻，它不指导谁，谁也不用被指导。

后来我发现，长大，是最难揭穿的独属于个人的体验。

# Part 1

## 文艺青年的
## 自 救 须 知

## 中毒的文艺青年

我的一个朋友新近失恋了。

哦，写下这段话的时候我也很失望，为什么我的朋友老是失恋，就像他们不配拥有幸福一样。但其实，他们往往是对感情最在意的一群人，因为在意，才会计较；因为计较，才会分开。

我常常揭穿他们，可在他们分开之后，又不免心疼，他们的好日子和坏消息如同二踢脚，一响在地上，一响在天上，我时常来不及掩耳就被震到。

好在这个朋友不用我操心，他倒经常勉励我。他说：不要放纵自己的情绪，只有你们文艺青年才享受失恋，我们常人，都是拍拍屁股就重新上路了。

是，我们受很多事情的蛊惑，又常读书、看报、听情歌、看话剧。文艺青年不是一种人，而是一种取向，它以一种莫名的方式，让你和很多人一样，用几乎雷同的模式面对生活，接纳爱情。

它给你的烙印又岂止是穿帆布鞋、喝纯净水、听豆瓣电台，在某些冷僻网站上写写画画；它还教你去看孟京辉的话剧，听王菲的歌，爱着莫文蔚，把张悬、杨乃文当成精神女友；它还教你用 LOMO 相机，玩 path，起奇怪的名字，用英文做标记，把牛仔裤挽到脚踝上五厘米，在下雨的时候突然哀伤起来。

这样的同质化，让我在一个月亮很大的晚上，比如昨晚，在微博上， 至少看到了三条微博：看今晚的月亮，到底代表谁的心，结果都一样。

他们是那么不同，他们又是那么一样。

所以，你的爱人是“你温暖的手套，冰冷的啤酒”，廖一梅让你在这个人身边时想起未曾得到的那个人；“你又转过头去，不再说话，而此时天刚微亮，是该醒的时刻”，安妮宝贝让你认为不睡觉也是一种美丽；“我拥有的都是侥幸啊，失去的都是人生”，张悬让你对爱和不爱进行总结；“你问我发生了什么，无光的夜不动声色”，杨乃文在强迫你思考，简直要无事生非；而刘若英说：“爱是天时地利的迷信。”你常陷入一种情绪，在库布里克咖啡店、在汹涌人流里、在斑马线旁、在红绿灯前、在邮筒前、在铁轨旁、在轰鸣作响的机舱里、在三万英尺的高空，这些被艺术化了的地方，简直要让你必须怀念一个谁，还必须以一种类似难过的情绪。

可这，真的有意思吗？

有一天，我们在喝酒，有人默默望着窗外，有人看着酒杯点燃第五根烟，有人在回答话题中的疑问，他说爱是疼。

是哦，文艺青年，爱是疼才对啊，爱人要难过才对啊，越是挣扎越得不到才对啊，失去的时候掏空自己也很难挽回才对啊，我不敢说这是一个逻辑，但它确实又是一个逻辑。它把情感中最集中、最明确的东西提炼了出来，给爱赋予一种奇怪的哀伤氛围。

文艺青年多不幸，不幸来自想展示太多。我的意思是，那种疼给别人看、疼给自己看的疼，真的有那么疼吗？

所以文艺青年，很难度过失恋，是因为，他们在反刍这种难过，并刻意美化失去，强调得不到；将自己置身于一个被动的弱势的对爱孜孜以求的状态中，简直是要把失去爱人当成一个勋章，别在胸口，时常拿出来刺一下，且疼且爽。

那些普通青年，把爱当成一种选择，一种和选择餐厅、健身房、商场一样的选择；文艺青年则把爱当成一种信仰，一种必须用来追寻意义、诘问生命、找寻自我的信仰，一种自我价值被肯定后的安全感。所以，疼痛的时候他们会觉得爱得深一些，却忘了爱的真实目的，就像吃饭吃爽了一样，而不是胃疼。

但，你能说文艺青年囿于细节所以就爱得更真切吗？对不起，我并不这么认为，我甚至觉得，文艺青年的恋爱模式更自我一些，更在想象范畴一些。这就像廖一梅的文字，缠绕着、卷曲着、盘旋着，却不真正实在， 像把一句大实话装饰了起来。

当然，疼也许是真疼，但因为文艺疼更优美一点儿，你就疼得更久一些，让疼成为一种爱的附加值，突出表现就是，很难感到幸福，并在持续幸福之后——自讨苦吃，这是下意识的不自控，一种文艺中毒后沉湎于病态美的不自知。

所以我想，让我们尽量减少在负面情绪里的沉浸吧，并将文艺之毒逼出体外。

张惠妹唱“那是把雨伞，就是把雨伞，不是感情遗产，那是个月亮， 就是个月亮，不是那地上霜”，开门见山，简单直接，接受现实，大步流星。

走——

让我们揭穿文艺青年的人生。

## 分手只分一次

2012 年最流俗的笑话，莫过于甲对乙说：我能问你最后一个问题吗？ 乙说：爱过。

乙真浑蛋，但谁没当过乙呢。而甲作为爱情中弱势的一方，作为那个楚楚可怜者，问出这句话的时候，此段感情已盖棺论定，完蛋。

最近我看了几段恋情结尾。当年爱的时候也都是心心念念的，结尾处却都血淋淋的，格外难看。比如乙跟甲说：我们分手吧，甲就哭了，边哭边抽自己，边抽自己边大声哀求：能不能再给我一些时间？乙说：好，你说啊。甲说：到年底，我们就分开。

我听到这儿，喷出一口鲜血来，乙给我平静地讲述了这个故事，乙说：我答应了。

于是我第二口鲜血再度喷出，甲留给自己的时间真多，乙竟然还答应了。这可以套用对我们七零后影响深远的至尊宝的台词：如果真的要我给这个爱加一个期限的话，我希望是，到年底。

热恋的时候，大家大概都想爱对方一万年，到最后的时候竟然要乞求对方留给自己半年时间以便重整山河。成千上万个路口，总有一个人要先走。真的有那么难舍，要在对方不爱之后再留半年时间给自己温习创伤吗？

我以我罪该万死的恶意揣测半年之后还会有半年，不舍的甲和要舍的乙，势必将展开一场无限期延长的拉锯战，最终拉到甲战死沙场结束。

当你不爱对方的时候，是不是可以更坚定地让对方死个痛快，不管对方以之前多么爱为借口，也不管对方以多悲愤、多自虐的形式来勉强， 甚至要挟。我常鼓励分手的人只分一次，因为如果你因对方过于难过而停止分手，又无法恢复到最初对方的心理设定，你将更狠地伤害到对方，而当对方以自虐的方式获得你的同情并得到了自己想要的结果，势必会将此举发扬光大，以便更好地控制你。

当我们得知对方不爱我们的时候，是不是可以坚定地让对方离开，不管我们多爱对方，不管我们收集了多少我们爱过的证据，更不管对方用多少装饰性的语言来确定这件事情，都心一横眼一闭地让对方离开，并且不要问出那句丢脸的话——他若没爱过你，怎么会跟你在一起？他若还爱你，怎么会和你分开？这两个问题足够解决你任何的疑问。

而后，哭也回被窝里哭去。

我是很擅长分手吗？为什么我从来不觉得分手很难？为什么我总能一分即中，从不拖泥带水？（难道是因为我分的时候人家也想跟我分吗？）我确实很少在这件事儿上浪费太多的时间。在分手之前，我忧郁、犹豫、食不甘味、面有阴云，真正决定之后我会如释重负，再没有比发现一个人不再爱你更值得你高兴的事儿了，因为对方不爱你你却还爱着他（她）的时候，你真的显得很傻，不信你站在对方的角度看看。从人生的角度来看，不再爱你的对方一定不会让你得到更多的快乐，你苦苦留下的半年时间一定会让你度日如年，是的，我确定。

让我们把时间拉回开篇，平行空间里甲问乙：那我能问你最后一个问题吗？乙说：爱过。甲说：哦，这我知道，我的问题是，你能不能把你的鼻毛修剪一下？

乙收起自己很情圣的表情，转身走了。

甲这个时候流下了眼泪，擦干之后，去大吃了一顿。

你看，平行世界的我们，处理得多好。

## 被珍惜不值得庆幸

薛凯琪出了一首新歌《Better Me》。

我很想让你现在就去百度里找一下 MV 看看，副歌那部分她唱“为你我变成了 Better Me，教我抛开所有猜疑，也许我也美丽，值得一个奇迹”。MV里，她边哭边唱，边抚弄头发，画面中有两个她，一个看着另外一个， 哭得梨花带雨。少女长开了，真是好看。

我又忍不住吐槽说：这简直有奥运百年梦圆的情绪呢。看这泪如雨下和欣喜若狂，千年等一回的白素贞也未见得有如此喜悦，一旦失态，露出真身，不把对方吓跑才怪。

我真是职业毒嘴专门挽救文艺崴脚青年，是的，每一种价值被肯定，都值得庆幸，但被珍惜、被爱并不值得感激。即便感激，也不应该是对方，你要感激的，不是那个恰当的时间里出现的恰当的他，若要感激，还是感激相遇吧。

我没有受过情感上的连番创伤，内心也并没有因为未被珍惜过而变得阴暗。事实就是残酷，它教育我们，就像大风总爱吹断伸出来的树枝一样，一切过于用力的珍惜都不自然，掏出一颗玻璃心来表达的庆幸，结局往往是——被摔碎。

这次出场的泰勒先生，拥有着高大的身躯和络腮的胡须。

他是台湾人，千里迢迢来到北京，竟然是为了爱情，千里走单人啊。他和其他来内地捞世界的台湾人那么不同，因为他就是那么默默的一个人，薪水不高， 像个本地人一样生活在伟大的帝都里，这可只是为了爱情啊。

台湾人会表达，形容东西很生动，擅用成语，比如形容要哭不说“要哭”，他说“泪盈于睫”。比如说“我操，我跟你一样”，他不说“我跟你一样”，他说“还蛮感同身受”。这些词的妙处在于简练干净，用闽南话讲出来，分外舒服。我没见过他发火的样子，我在电影《艋舺》里见过，觉得台湾人火拼起来略显得萌，手提砍刀，嘴念叨着：“干，白痴，你想怎样？”

这是题外话，说庆幸，再没有比泰勒先生更懂得庆幸的了。他内心潮湿，常有慨叹，台湾文艺青年文艺起来还真是不像话，他说：“我是为爱而活啊。”要知道，一个台湾人发“为爱而活”的音是很难的。

是的，为爱而活的他为了一段感情飞到北京，并就此与爱人同居。他勤于表达爱情，有时说话，有时发长长的短信，一个具有良好表达能力的台湾人，可以把被爱并感到非常珍贵这件事表达得非常准确细腻。

他们并不富有，过着大多数北漂一样的生活，可在爱情中这又算什么，泰勒听着《Better Me》说："是哦，我当时就是这种披头散发的状态啊。"

泰勒至今仍不觉得自己因为表达过多而失去了对方，但他非常同意被人"吃定"之后，对方态度会渐渐变化。那类似恃宠而骄的部分，那些在他表达庆幸遇到对方之后，对方溢于言表的沾沾自喜，我不敢说泰勒的这些庆幸是造成后来爱人出轨的必要条件。

我只是默默地想，或许小声一点儿庆幸能让对方收一收"被需要得很厉害"的那种错觉，以及错觉带来的狂妄和无所顾忌。

泰勒先生现在提及这些也不觉得难过，他进入一段新恋爱中，又发微博说："没有你的北京，吃什么，都不重要。"我腹黑地担心他的庆幸又会被人当作"被吃定"的凭证。他说爱就好了，哪管得了那么多。

我没有再劝他，也突然觉得默默吞下庆幸不让对方知道其实是一件很尿的事情。收敛起感激，也许只是因为我们没有碰到对应的人。泰勒说："你看，我现在说的这些话，对方都有回应哦。"

好吧，每个人都是落水者，期待被搭救。但又不是真正的落水者，要向爱你的人表达救命之恩，这难道不是一种互相的需要吗？为何要表达一种被人救治了不然就活不下去的猛烈感受呢？

我没让你憋着，只是觉得视角太仰视了，容易看到对方的鼻孔出气。

就是这样的，小声庆幸吧，别告诉他。

## 投资暗恋易破产

暗恋，在成年人看来，比如我，是投资回报率最低的事儿，大多数不接招、不感受、不回应。其实是他根本对你，没，意，思。

默默爱你小姐，已经逼近大龄了，其实她暗恋一个人的时候就已经不小了。这期间又拖拖拉拉地过了三五年，暗恋的代价就是，她和不来电先生成了最好的朋友，她和最好的朋友成了暗恋事件的同谋者。

坦白讲，大家都好辛苦啊，像和她一起暗恋着不来电先生一样。

暗恋的第一个步骤就是默默的。默默爱你小姐初见不来电先生也是工作的缘故，她觉得这个男孩清瘦白皙、细眉细眼，又有音乐人的那种气息。要知道，气质这种东西一旦形成是很省衣服的，他就这样，轻轻地走过来，成了她的朋友。她强调自己对他并无性欲，只有一种类似温暖的东西俘获了她，让她觉得呼吸平顺，内心安定。

随之而来的当然是各种伪朋友似的约会、吃饭、看电影，适逢不来电先生也在空窗期，一个搭子的形成绝对是苍蝇不叮无缝儿的蛋。这么说有些难听，可事实就是不来电先生给了她想象的空间和一种更加接近的可能性。

于是，暗恋迅速被默默爱你小姐公开化。当然，除了不来电的不来电先生，暗恋的人都很郁闷，他们暴涨的爱像汛期的河水，像憋了一下午的大雨，像一种靠疼痛做顶礼的奇怪信仰。

不来电先生成了默默爱你小姐闺蜜聚会中的置顶话题，享受着黄金时间和较高的收听率，并且成为闺蜜们挥刀砍向她最准确的那致命一击。当然，在闺蜜的诽谤和攻击下，她赢得了大量的对话时间，她靠此完成了一次又一次的情感梳理。后来我总结说，这些对话是她暗恋过程最强大的暗示，她在告诉闺蜜的过程中，生生为自己雕刻了三个字：我爱他。

不来电先生继续与默默爱你小姐约会，有时候他也挤进她的圈子，与民同乐。闺蜜们在饭桌下掐红了彼此的大腿，他则目不斜视地保持着温暖淡定的姿态，那些女人心领神会的信号并不难辨认，可他作为一个直男失败的地方在于，他既看不出默默爱你小姐喜欢他，也看不出闺蜜们都在伺机而动以帮助默默爱你小姐寻找各种机会。他常被安排去送她，可他送到楼下，就又温暖淡定地走了，留下默默爱你小姐默默反刍：他是什么意思呢？他怎么这么说再见呢？这些，又成了她与闺蜜分享的一个难度极大、极有嚼劲儿的话题。

暗恋者是永远的不死鸟，对方拿出弹弓打死他们之前，他们都顽固坚强地活着，并深深地以为，弹弓是送给他们的，且想好了自己接到这份礼物时的表情。只要他们愿意，他们有一百个细节可以证明自己正在被爱或者还有更多新的机会。

这信仰让默默爱你小姐分外痛苦，当然，这不是大部分时候，大部分时候她自得其乐并享受着默默照顾不来电先生的责任；偶有怪力乱神，比如不来电先生送她到家离开的某个午夜，她叹口气，喝杯红酒，流下几滴泪。

她算塔罗牌，找一个不会明着收钱的占卜师——如果有记录的话，这也算她的固定支出。那些牌面总在说这是不可能的，她暂时认同后，内心分外空洞。

事后，她又绝地反击，发出再度猛攻。她化了妆，冲到了闺蜜的家里，闺蜜揉着眼睛，困得快死了，拿出手机说："你告诉他啊，你告诉他啊。"

她逃开，说："我怎么可以表白呢。"

她的默默之爱终于成了闺蜜界的一块顽石、一颗肌瘤、一个不大不小的麻烦。

如果可以凑钱解决这个麻烦，她们一定迅速选择最快的方式转账打款。于是，她们鼓励她迅速结束这个默默之爱。有一天她终于把自己喝多了，借着酒劲儿，她告诉他，说："我喜欢你。"

不来电先生说："你喝多了。"

她也觉得，就回家睡觉了。

她认为这层窗户纸未被捅破，持续完成着自己的规定动作。只是，她变得更加默默，似乎这已经是连闺蜜都不知道的一个秘密。更多的时候，她学会了收敛自己，以显得好像不再爱了一样，她和不来电先生似乎退回到了最早时候的位置，偶尔相敬如"冰"。

她的纠结并不那么难被发现，闺蜜们像福尔摩斯一样，似乎很容易就发现了她藏匿的东西。一个人爱另一个人像天要下雨了一样明显，怎么藏也藏不住。

那个时候，我刚刚结束一段恋爱，作为与默默爱你小姐稍远位置的好朋友，我在她众多闺蜜的怂恿下，充当了手持大棒的提醒者，我被她们推到默默爱你小姐面前，跟她大声说："醒醒吧，你，快去讲清楚，或者去上他吧。"

这样的话，用默默爱你小姐的话来说，简直是一个符咒。我说："是的，暗恋固然是你一个人的事情，但不来电先生，还是像个绝缘体，他挡住了你和外边的世界，让你无法开始新的感情，可残酷的是，你并不拥有旧的感情。"

默默爱你小姐和不来电先生吃了一顿饭，她终于鼓足勇气跟对方说：“我喜欢你。”对方说：“我知道啊，只是我们不能相爱。”原因当然有很多，男人也好，女人也罢，在拥有“我们不能相爱”这件事儿的最终解释权的时候，立刻拥有无上限的智慧，他甚至强调自己是个无法给予别人温暖的淡薄之人，但不管如何，默默爱你小姐终于借此探到了底，触到了故事的结果。

那就是：我们不能相爱，仅仅是因为我无法爱你。

后来，我又见到了默默爱你小姐，她看起来很好，只是格外瘦，穿着吊带背心，明黄色的鞋子，她开心地跟我们吃了个饭，转身走了。

结束一段暗恋和结束 段恋爱是 样的，我相信她肯定难过，可，那总算是过去了。

我们终将彼此原谅，还不是因为都将经历人生大路径，空气与死亡均等，时间买一送一，成就了你假想的他，也成就假想着他的你。

有闹钟的觉总是最香，有忌惮的人总显得珍贵。

## 使劲地爱

我在疯狂地赶稿子，电风扇发出一些响动，皮卡卧在风口儿处睡觉，腹部一起一伏，上边的毛儿随着风不停颤动，QQ 上有个好友，说他在加班。后来我们聊了几句，他说其实他不是加班，是爱人出差归来，早上飞机到京。他就想等着，陪她吃个早饭。

然后，他问我，金鼎轩是二十四小时的吗？我说是，海底捞也是。

夜有凉风，我不知道刚刚落地的爱人，是不是知道他所做的这一切，又会做何评价。他说：“十二点过后，自己就到长安街上去溜达，大声唱歌。”我说你怎么不回去睡觉，他说：“怕醒晚了。”

感谢二十四小时赚钱的餐厅，感谢二十四小时的QQ，感谢偌大北京长长的长安街。从更高的地方看下去，一个他，影子黑且扁，等待着自己的爱人，这真，让人觉得，有希望。

是的，一旦看到一个人在爱里很使劲，我就觉得有希望。

曾经打动过我的那个人，因为我想吃凉拌海蜇，第二天见我的时候，就端出来一份自己亲手做的，还说，不知道海蜇需要泡，买回来后，问了做法后，就用水泡着，隔一会儿就过去看看。

我认真地吃了这份海蜇，那也让我觉得有希望，并想立刻做点儿什么回报。海蜇咬起来咯吱咯吱的，分外有劲儿，那是我很难忘记的一种味道。

当然后来，这感情消失不见了，但我总记得这份海蜇，还有那个隔一会儿就去看看海蜇长大的人，想起她小心打开扣住的碗，认真看过去，或者用手稍微碰碰，海蜇莹莹，水很清澈。

同样是这个人，为了等我从国外出差回来，她就坐在机场里，冬天极冷，她就听歌，一月的流量一天用完了。

我想那个时候的那个人，等待海蜇和等待着我，都是幸福的，也是爱我的。

我也做过这样的事情，早上很困的时候爬起来。那是冬天，我把狗也叫醒了，然后蹑手蹑脚地用豆浆机磨豆浆，然后去遛狗。回来的时候，我把豆浆倒出来，热气呼了一眼镜，再叫爱人起床。有的时候，皮卡尿得太快，冻得哆嗦着，豆浆也还没打好，我就站在厨房里等着，看着那个表示完成的灯熄灭，像期待着一个新生儿一样。

我不觉得困，也不觉得烦，甚至我对早晨洗豆子、做豆浆分外期待，洗豆浆机都能洗得很有节奏感，感情激发了我身体里的某一部分，那个不怕麻烦的我让我新奇又惊叹。

这些都是力所能及的事情，做了也没什么，而且，我也承认，在爱里使劲儿表现也是一种需求，一种我很爱你、我要使劲儿告诉你的需求，那种需求迫切而热烈，如果不被允许表达，就会像热豆浆被放凉了一样。

这不算什么，我的一个朋友讨厌一切带毛的东西，讨厌的程度是家里人连件裘皮大衣都没有，可他女朋友就是爱狗，这样的相爱让他必须接受身上有毛的狗和身上有狗毛的女朋友。有一天，我看到他带着狗出来遛弯儿，目光淡定从容，我说，你……他点头，说，这有什么办法。他顺手还把狗身上粘的树叶摘下去。

所以，我的意思是，你为他做一些你之前很排斥的事情，也是一种使劲儿的表现。

然后，我有一个朋友，就为他老婆变成了一个爱养花的人， 我一想起他的络腮胡和大嗓门，就觉得喷壶易碎，花草又过于鲜嫩，可这就是他为她做的事儿和改变。

我还认识一对奇异夫妇，老公一进电影院就头晕，不三也头晕，这真是一种奇幻又无伤大雅的毛病啊！但这让她无法和老公一起去看电影，这也本没什么，可她却是个爱看电影的人，于是，戒了。

当然，这是一种本能，你不为这个人妥协的事儿，不一定对另一个人不可以，所以这些妥协和不妥协本身就是一个标准，你可以以此判定，这个人有多爱你。

这还用我去一一揭穿吗？

第二日，我八卦地去问那个等爱人吃饭的朋友吃得怎么样，他说：“困死了。”然后，他给我发了一个黑眼圈的表情。

浪漫和使劲儿的代价就是会比较辛苦，但这就是很好的存在感。

## 不要成为备胎

被选小姐，是我一个朋友的朋友。

她也常常纳闷，一个完整的自己，何以总是面对被选的境地，且，如同不得志的政客，每次都以落选告终。她的恋爱弧如同一条条的抛物线，如她想象中高，却永不及她想象中远。

这一次，她狠心要做个不被选择的人，投入一段全新的恋情之后，男孩告诉她说："你很好，只是，我有女朋友。"

她当机立断，选择分开，没有给对方挽留的机会。即便后来对方分手了， 净身出户过来找她，她也没有答应。她不是怪对方，只是突然醒悟了自己之前的错误。之所以常常陷入被选的尴尬，是因为站在了待定席，接受了可以让对方做选择的规则，又眼神楚楚地看着对方，期待答复，落选自然并不意外。

被选小姐第一次在感情战场上全身而退，至少在感觉上。那个看起来很落魄的人，站在小区门外等她，用她曾经用过的楚楚眼神，她没有报复什么，只是，对于这样的选择游戏，厌倦了。

电视里最盛行的爱情选择游戏叫作《非诚勿扰》。在那里，二十四个女孩子看起来是在选择男生，其实，最终还是难逃被选。那个看似公平的游戏规则背后，唯一的准则是优质的、被大多数人瞄上的那个“好男人”，最后完成走到女孩们面前灭掉她们灯的大逆袭。而后，留下的三个女孩要接受一个问题的严苛挑战，最后，面临全场期待的大绝杀，在短暂的八分钟到十分钟里，她们从选择者到被选择者，局面反转，煞是好看。

不知道那些留灯到最后被放弃的女生，穿着小礼服和高跟儿鞋走回原位的时候是什么样的心情。这只是一个电视节目，要有玩得起、输得起的心态，可在现实中呢?

这当然是好看的，但当然也只是电视的呈现。生活中的被选择往往没有那么复杂，就是，你遇到了一个已经有了另一个的人，他舍不得新鲜的你，却又无法面对那个很难收拾的上一个麻烦（正牌女友当然不知道自己在这个时候就变成了“上一个麻烦”）。于是看起来，他是把困难留给了自己，要面临一个新欢旧爱的选择，说白了，却是给你一个了解赛制和赛程的机会，并且明白你的态度：我都有女人了，你还愿意跟我谈恋爱吗？

一旦你在接受这个信息之后仍保持着向上的姿态，就说明了你愿意接受这样的条件，并在尝试和他进行一次无法公开化的情感交易，而感情最终绝对不仅仅是你情我愿，事情的推进必然让我们通关到最后，大的Boss是，选我还是选她。

这当然是大难题，尤其是你爱着他，又在潜意识里面对一次价值评判。此时放手最难了，那些耻辱心、好胜心、占有欲、比赛型人格，统统出来作祟，会让你有一种很爱、很难放下的错觉，甚至陷入自己与所谓正牌的一次性价比评估。被选的原因，只是你给了他选择的机会。

所以，我也不是让你多高贵，我的建议也是简单直接的，不要和有另一个选择的人交往，交往了之后不要面临被选，面临被选的时候直接让他选对方，然后再也不见他。

他如果真爱你，一定会回来找你的，而你如果真爱他，他回来的时候你就知道该怎么做了。

当然，速食时代的爱情并不那么纯粹，你如果真的接受了游戏规则，在道德上我也无法站在更高的角度鄙视你，韩寒说“没有被爱的那个才是第三者”，有一定的道理。可，为什么，真爱你的他，不扶正你呢，还选来选去的？

自己灭灯吧，把那些想两全其美的人统统排除在外。

## 饭，祷，爱

"我爱过你，真的。"

"可我还爱着你。"

这个故事就是这样的。

2010 年，茱莉亚·罗伯茨拍了一部电影，开篇的时候她素颜出镜，肤色暗沉，她在巴厘岛见了一个类似半仙的老人家，老人家说："你有两次婚姻，一长一短，你会失去所有的钱，当然，你还会赚回来，然后你会回到这里，教我学英文。"

她回到美国的家中，丈夫睡着了，她就去客厅里祈祷，然后她流下眼泪。什么都没有发生，她只是觉得生活无法继续。

然后，她要和丈夫离婚，没有留下一张字条，就搬出了家。而后，她爱上了一个话剧演员，他站在舞台上表演，突然向她微笑，走神了。

他们开始疯狂地约会，然后住在了一起。

接下来，他们争吵，吵到不可开交，最后她决定去远足。男人挽留她说："如果能面对我们常常吵架，基本不做爱这个事实，我们却还因拥有彼此而感到幸福，那我们就可以一起过日子了。"

茱莉亚无法和他过日子，她如愿地开始了自己的远足。在罗马、在印度，她认识很多好朋友，重新思考爱的意义。她看了听了很多爱的故事，逐渐淡定安宁，最终，她再次来到巴厘岛，见到了老人家，老人家显然已经忘了她，但这不重要了。

我没有查过这个电影的背景。吃饭、祷告、恋爱，茱莉亚的生命被切分成三个主要部分，她视爱如生命，要求纯粹，直接简单。她和老公离婚，因为她无法忍受永远都是她自己在安排。她与新欢爱得炙热，也为家里的装饰吵架，他歇斯底里地说："我喜欢乱！"她不能容许，她背对着他流泪，脊背坚硬，他吃惊地看着她，像从没有认识过她一样。

而后，她又冲他嘶吼："你多久没有注视过我了？"

看这部电影的时候，天降大雨。我和前任都在发微博，各自描述雨情，却天各一方，是如茱莉亚一般打破麻木现实，还是顺应感情的变化寻找新的安逸？如她的新欢所说："能面对我们常常吵架，基本不做爱的事实，我们却还因拥有彼此而感到幸福？"

而这种现实，竟然是身边很多爱情的现实，他们没有因此变得更糟， 他们也没有因此变得更好，爱情在他们的日常生活中，渐渐泯然于吃饭、呼吸、睡觉或者其他更自然的东西。他们出双入对，一起睡下，在不同时间起床，下了飞机就短信一下“我到了”，就如同通知父母一样。他们很少交流，以至于我和好友曾经热衷于一个游戏，就是在餐厅里发现那些老夫老妻，他们不用说话，吃饭的时候也悄无声息，眼神没有交集。但，男人嘴角挂了饭粒的时候，她就把纸巾递过去，就是这样的，自然平缓，如若无物的爱情。

而热恋之后的他们，也像茱莉亚与新欢一样，被冲昏的头脑在生活的琐屑中渐渐清醒，逐渐回过味儿来。他们开始为谁去切西瓜、谁去烧水、谁去晾衣服争吵，开始为对方陷入既定的生活节奏里暴露出的懒而怀疑，开始面对逐渐褪去爱情躯壳的一个个所谓的小真相。当他们不再热吻，不再每日拥抱，不再滚床单滚到没有力气，即便牵手也无法感知对方的热烈，爱情走了，可怎么办?

茱莉亚大概是个爱情纯粹主义者，当这些问题发生的时候她无力改变，只好一次次收拾行囊，拉着箱子，不告而别或者在男人家的门口和他们浅浅拥抱，寻找下一次的感情慰藉。

可新鲜感总是很容易消失，像我们尝试一瓶新的饮料，穿上一件崭新的衬衫，走过一条没有走过的风景宜人的街道，那些突然发现的喜悦感受总会慢慢淡去。一切都没有变，口味儿没有变，衬衫慢慢变旧可依然挺括，街道也没有变得难看，只是我们的感受变了。

茱莉亚在行走中慢慢找到了自己。在印度灵修的时候，她甚至在冥想中拥抱了自己的前夫，他还是那么温暖。他抱紧她说“我还爱着你”，而后她流下了眼泪，像他们结婚的时候一样。

这样，我的迷思得以解决。我们总要面对爱情落地的时候，它会变成一种需要，一种必须存在，茱莉亚之前的苦恼也是如此吧。可我们就是无法要求一种状态永远都在最好、最强烈的时候，而当你不知道自己真正需要的时候，才会过分迷恋爱情带来的快感，迷恋那些明亮的、显而易见的东西，可那总是短的、少的，于是必然经历快感迅速消退，然后判断说：“这不是我想要的。”

你只好不停地追逐爱带来的快感，可快感很短，暧昧的时候最美，但你又无法止于暧昧。人的能量就是，要不停地把窗户纸捅破，可捅破之后呢？

当想清楚这些的时候，再下手，爱情也许会在落地后依然存活，它成了让你变得更好的一种情感，并陪着你，慢慢往前走。

就是这么吃饭、祷告、恋爱。

嗯，生命真是奇妙。

## 犯贱才是真爱？

你喝醉时想起的那个人，基本上不会来接你的。

那天我发了这条微博，应者众。很多劝人的最后实在说不通了，就说：“你上辈子一定是欠他的。”爱情故事里但凡可以总结出道理的，也可以一言以蔽之，说一句：人性本贱。

我几乎同意了这个观点，而在我既往的感情经验里，好像真的是这样，就是，你爱的那个人不那么爱你，而深深爱着你的那个人你又不那么爱他。

烂人都是你惯的，好人却是你狠心所得。

可我们是多么勇于钟爱烂人啊，如仰望星空；我们又多么善于虐待好人啊，像脚踏实地。所以说，你在这人这里得到的，一定会在另外那人那里还回去，爱的能量是守恒的，犯贱也是。

我的一个朋友，似乎总在这样的夹缝中求生存。他真心爱着的那个人， 总被另一个人伤得片甲不留，于是他常常去劝慰，充当指南针、保温瓶、创可贴、应急灯，对方不但毫无感激，甚至感到厌烦，偶尔戳他两句。他伤了，就去找深爱着他的那个人，拿那人当指南针、保温瓶、创可贴、应急灯，甚至变本加厉，当对方是洗脚盆，冤冤相报何时了啊。

有一天他喝醉了，打电话给我，说：“我人生的理想，就是两情相悦。”

悲观地看，两情相悦基本上只存在于爱情初期，随后的博弈中，必有输赢，或者不是输赢，而是感情交易中的货币价值，美元与泰铢的较量。

老话说得好，谁先认真谁就输了，可这陈词滥调吧，不在我揭穿的范畴之内，我用大白话讲，意思是：比较容易得到的，大多不会感到那么珍贵。

用台湾普通话讲，就是：犯贱的那种还蛮像真爱的。

就像我小时候，魂斗罗还很红的年代，我的语文老师家买了台游戏机，一块钱可以玩三十分钟，于是我就省下了妈妈每天给我的一块钱，心心念念去打游戏，边打边看表。那时的愿望是，长大挣的第一笔钱，就要买一台小霸王。

多年之后，当我们都已经长大到可以随时满足那个愿望的时候，我终于还是没给自己买一台小霸王。今年生日，好友送了我一台，他就那么轻易地，笑着，大早上放到我的办公桌上。我很开心，甚至拥抱了他一下。

几天后，我把游戏机带回家，插上电，默默地打了一局，轻易通关， 我并不特别开心，大概就是“哦，好吧”这样的心理状况。我的意思是，人的感觉微妙在于，你会放大你不容易得到和得到了一些但还想要的那部分感受。如同爱人，他不能唾手可得，不能随叫随到，甚至烂得可以上天涯吐槽，也因如此，他给你一点儿的时候，你才会记忆深刻，觉得格外珍贵。

当然，这不能算是完美的恋爱，但也不能否认，因为期待得太苦，会导致得到的时候分外甜。所以每个人记忆中最痛苦的那段感情必受重视， 享有最高牌位，日夜焚香，每年清明，每次酒后还要吊丧一次。

你当然可以选择离开不爱你的人，并因此得到爱你的那个，而后完成一次巨大且华丽的逆袭，享受不那么爱所带来的放松、无所谓、轻而易举， 但注定欢愉少于上一次，这是不犯贱的代价。

所谓久旱逢甘霖的滋味，要旱得不行才可以，可咱们要知道，那甘霖不是因为真的是甘霖，而是因为等得太久、量太少啊。

而且，每个人都是另一个人的甘霖。

# Part 2

## 必知的
## 骗 人 鬼 话

## 不好吃就是不好吃

我的好朋友爱总结先生，做派很西方，你甚至可以把他看成是美剧式生活的怪人。他的总结大多来自于这些，这让他的生活理念时常产生变更，比如，有段时间他很少接电话，而是选择随后回电话过来，我暴怒地问他原因，他说：“我不想做那种一个电话就能找到的人。”我说我要是在家遭遇攻击或被歹徒劫持，怎么办呢？他总结说：“这样的小概率事件，基本上发生的机会很小，而且，你一定不会打给我。”

我当时就抽了他，他又总结说：“一个人必须有承受找不到别人的能力。”我没有再抽他，固然觉得他教条，可这似乎也是对的。

他的总结还包括，一个人对待性的态度要像吃饭一样。他说：“爱情就是一份盖饭，看起来满满的都是菜，其实薄薄的一层菜下边都是米，有的是烧茄子，有的是宫保鸡丁，看起来不一样，但其实大家都在吃米。”

所以，米最重要了。

这和我所持“每个人都是完全不同的个体”的理论完全相悖，堪称是一个致命打击。且随着年龄增长我也发现，人和人之间因为动物性有接近百分之八十的趋同，各种社会表现虽然不一样，感情部分却大致相似，无怪乎情歌难敌，于是诸如“谁没有爱过几个人渣”这样的金句可以时时刻刻击中人心。

倘若把人渣们晒出来，却真是千差万别，有的甚至丑爆了，但不妨碍人们用同样的爱去爱着不同的人。

外边是什么看起来不那么重要，重要的是米，而所谓的米，大概是爱情里最实际的部分，比如生活、比如性。

性冲动是爱情的开始——我要大声喊给那些痴男怨女听，这是我们必须承认的事实，必须再次强调这一点。那天深夜，十万个是什么小姐提问爱情是什么？我的答案是：爱情就是荷尔蒙鼓动下非常欣喜地见到对方，自然产生与之亲近的冲动，并想扑倒甚至在扑倒之后仍想扑倒的行为。

对，就是这么自然、生理、动态和化学反应，所以注定了它的不受控制，也注定了那么多“你爱着的不爱你，爱着你的你不爱”。这更像是生物进化过程中的蓝牙配对，你终身会对一种人产生兴趣，对一种长相或者体态感到莫名兴奋，从初恋开始到你不再恋爱为止，我们将此解释为性冲动。

这真是人生的大不自由啊，我们长到这么大，原来竟然连自己喜欢什么人都无法控制，这真让人绝望。

可这是爱情的残酷原动力，就像我想吃掉的那些饱满的有咬劲儿的米粒一样自然，而扒掉上面覆盖着职业信息、家庭背景、社会关系的那层菜，这件事儿就是米的口感、味觉，就是生活中的性，就是常常伴随着你的真相。

可很多人的真相并不美满，只好不停地拿上面的菜来佐味，直到把菜吃完，干嚼米的时候，才发现难以下咽。我见过一些感情的不幸，并非那种习见的爱情失败，而是在表面的和美之下，米都是夹生的或者熟过了的。他们常常因为彼此倾慕而走到一起，又因性问题无法解决而渐生嫌隙，继而分道扬镳，这真令人扼腕，原来，房事是这么重要的。

是的，房事就是这样重要的，决定了我们会不会愿意回到自己的房子，会不会持续“爱”一个人，用彼此喜欢和舒服的方式。当然，如果你用纯粹的爱情反驳我，并用柏拉图和异地恋的例子来证明，我也只能说，那是想象力的问题，可对太多人而言，感受比想象强多了。

而当我们用爱情的方式包装了爱，却把最根基的部分剔除出来以显示它的纯粹，我认为这理论是站不住脚的。就像是为了吃掉米我们买了盖饭，最后我们只享用了菜而丢掉了米，大概，是菜太美或者米太难吃吧。

爱总结先生对情事秘而不宣，大概是哪个美剧的人物也是这样做的。他又常跟人说，在性上要有下流一些的情趣，这样才能更放松，毕竟不是谈判和交战，是交欢啊。

爱总结先生又有一句，他说：“不好吃就是不好吃，再难得、再贵也可以说不好吃，别的事儿，也一样。”

我深表同意。

## 那些骗人的鬼话

“人好就行”居感情鬼话里的第一名。可怕的是，有时候你真信了它， 而后被送了好人卡、贴了分手符，垂手而立，看着那个说“图你人好才跟你在一起”的人，巴巴地投进另一个好看的怀抱里。

这简直是人好就行的应有代价。

我抄一段文字给你看，就是马斯洛需求层次理论里人的需求从低级到高级，一共分为五个阶段，分别是：生理需求、安全需求、社交需求、尊重需求和自我实现需求。那我们代入这句“人好就行”的鬼话，大概属于第二个层次的安全需求，就是跟你在一起，温饱之余，他感到安全。

以此类推，真相简直可怕死了。

生理需求翻译成骗人的鬼话就是“是个人就行”；第三阶段到了社交层面，翻译成普通的人话就是“这个人得足够好看”；而为了赢得更多尊重，第四阶段就应运而生了，对，再翻译过来就是“得有钱或者更多的爱”；到了最终阶段，在他是个人、人好、人好又有钱、有钱又舍得给你花的情况下，人便开始追求自我实现，对， 什么也不能阻挡我对爱情的向往，我要干干净净地去谈恋爱。

所以，在电影*Love*里，被包养的舒淇小姐离开了让自己丰衣足食的大款叔叔，爱上了略显智障的阮经天。阮经天当然算好看，更重要的是， 他满足了她谈一场纯粹恋爱的自我实现。

这简直是一场人生诡辩，换句简单的话说，就是：人，在爱里、在欲望里，目标是游移渐进的，并随着人的状态不断往上，进而重新回到原点， 寻找自我价值的一次重新实现。

这就是为什么，一个人想要安定的时候你可以轻易地俘获他，而当他对世界充满好奇，你用什么方法都留不住他。

我认识一个留不住小姐，她被前任所伤，过着瑟缩的生活。她醉后常常当众落泪，边哭边说：“我无所谓，只要对方人好就行。”但傻子都能看出，她依然未忘旧情，可她的确也美。于是，比傻还傻先生出现了，他简直是枝繁叶茂、虎背熊腰的一根好稻草，恰好被即将溺毙的留不住小姐抓到；他又是一锅热气腾腾、用料实在的土鸡汤，此时专供给留不住小姐滋阴补气。

于是，留不住小姐和比傻还傻先生谈恋爱了，留不住小姐曾经爱的大胸脯、翘屁股、大长腿，比傻还傻先生一样都没有，唯有人好，好到让人觉得，留不住小姐自此可以重获新生，回炉重新做人。我们后来再见她，她肤白人美，眼神黑亮，像被水打湿过的水仙花，可她说她要分手了。比傻还傻先生不是人很好吗？是，可我们太不合适了。

骗人的鬼话中还有一句叫“我们不合适”，对，在这个阶段，是不合适姑娘您了。

事实证明，单纯的好是没有用的，在留不住小姐复活之后，这点儿好带来的温暖和安全感，已经无法满足她。

留不住小姐志得意满地向着下一个阶段进发，甚至拎着比傻还傻先生给她买的包，抹着比傻还傻先生送她的胭脂。我们望着她扭动的背影却没有办法怪她，毕竟忠于自己内心是一件勇敢且不是普通人都能做到的事。

比傻还傻先生憔悴了一阵子，他只是瞬间被击晕了，根本无法明白：“靠，不是人好就行吗？”

“在我需要被爱的时候，人好就行；在我需要去爱的时候，人好不好都行。”这就是很多人的潜意识逻辑，只是得用长的时间线为背景才可以发现，有的人终其一生都没有完成自我实现，所以在一场场爱情里面临绝境，又重新陷入轮回。

在此，期盼留不住小姐找到真爱，谈一场轰轰烈烈、干干净净的恋爱， 只是若再被伤了，等伤愈后咱再复出吧，别带病坚持工作了，还以爱情的名义。

## 只要和你在一起

再没有比情诗更适合荼毒恋人们的了，比如“你若安好，便是晴天”。我也曾有过这样的时候，那往往是刚刚爱上的时候，我说过一些傻话。我说：“只要和你在一起，干什么都行。”且做作地加强重音：“哦，干什么，都，行。”

我也常用此强调好朋友的重要性，甚至身体力行过一段时间“重点不是吃什么，而是和谁吃”，但在吃过几次异常难吃的烂菜馆，掀了桌子之后，我放弃了这个观点。

贪得无厌者如我，其实不仅在于跟谁吃，还在于吃什么。尤其是密友或者是伴侣，吃什么的重要性就被提升到更高级别，我们这么互相爱着，还不得吃点儿更好的吗？坐在团购餐厅里吃大锅饭，还强调你是唯一的人，骗鬼啊。

再说回那句“只要和你在一起，干什么都行”，这真是爱到迷失自我的蠢话。咱一起绑票或者深夜去长城上玩，行吗？三里屯就是三里屯，油麻地就是油麻地，把北戴河想象成普吉岛是需要功力的。

我爱你，海水就不脏了吗？

我的意思不是要多势利眼或者鼓动别人拜金，一部分爱坏在只看到客观条件，一部分爱坏在强化爱的能量而忽略了所有客观条件。“下雨天就是下雨天，你若安好，便是晴天，就不用打伞了吗？”我身边的一个天蝎座，有一天愤慨地跟我说。

再仔细拆读，“只要和你在一起，干什么都行”这句话给对方多大压力，对方是个大型公关公司才能把你们俩的行程设计流畅且好玩有趣并显得很像真爱吧。说这话的时候，简直是要闭上眼，做躺的姿势，要睡在别人身上了，对方得假装醒了，立刻晨跑去了吧。

另外，真的只要和对方在一起，干什么都行吗？我带不吃内脏的你去吃毛血旺，你可以吗？我带对猫过敏的你去看望小动物，你可以吗？当然也有人说为什么要这么吹毛求疵，不就是一句话吗？我只好回答你，那为什么要说呢，想也不该这么想。如果你说这只是表达“爱很猛烈”的意思，那为什么不直接用“我对你的爱很猛烈”呢？

所以在爱里泡着的海燕们，咱们都长点儿心好吗？

如果你真爱一个人，就在和对方在一起这上面想一点儿花样吧，什么花样不在本篇讨论范畴，按下不说。

任何闭眼等待、听之任之、爱里的不作为都是一种懒的方式，懒在爱情上是一种非常恶劣的品质，所以我素来最讨厌影视作品中面容美艳却无表情的女人。她们不言不动，似乎任人安排，又只在配合，在爱里表现出似有若无淡淡的爱答不理。她们纵然被称为“一枝花”或者别的，也被傻逼一样的男主角吃力地爱着，可那是影视作品，需要揭穿的现实是，对方爱你爱得再多，重复爱这种动作也很累，会厌倦。

所以换个表达方式，如果非以“只要和你在一起”为开头儿的话，改成——“只要和你在一起，怎么干都行”会显得很性感热烈；“只要和你在一起，什么都不干都行”可以显得无欲无求、极易满足。

实在非要说的话，就说“干什么都行，只要和你在一起”，至少在语序上，显得对方很好， 很重要。

## 来自爱人的法规

我见过最严苛的爱人法规，是男人不许女人坐飞机，于是她有急事出远门的时候，只能去乘火车。我觉得他很适合娶葛优，葛大师常年不坐飞机，新闻发布会都能让主办方办到家门口的酒店里，尽量减少和交通的关系，他和这男人多搭。

有的男人不许女人坐飞机，有的女人不许男人打飞机。这些来自爱人的法规义正词严、五花八门，它们之所以理直气壮，全因爱的名义和“我还不是为了你好”。

我年轻时常常犯神经病，有一天心血来潮组织部门里的已婚男士搞“看看我们谁现金多”的活动，主编身居高位，但因家离公司太近，只有十五元现金。而最多的那位因为住在郊区，要留出回家需要打车的额度，竟有近九十元巨资。我当时慨叹，真是距离决定现金。爱人法规中的现金管理方式，竟是以是否需要打车及吃晚饭来细碎判断，这真是需要长期斗争经验、实地考察的能力，以至于我常常看着几位已婚男士幻想，他们会因为现金拮据而渴死在挤地铁的路上。

遗憾的是他们并没有任何人渴死在路上，甚至在爱人法规的管理下戒了烟，日渐发福，渐渐露出中年男人的富态。我如同一个海外势力和他们谈论着民主问题，显得居心叵测。

我的另外一位朋友，傻眼先生。他之前不叫傻眼先生，只是他在婚后的变化让我们吓了一跳，确实有人把结婚当作人生大阶梯，以此为重生日，重新做人，包括换掉房子、家具、电器，一应吃穿住用，包括袜子、内裤。

当然，傻眼先生是在换掉这一切的同时交出了领土。一夜之间，他的 QQ、MSN、微信全部换成了他和老婆的结婚照。有一天，我在 QQ 上问他性生活如何，那是他的QQ、他的头像啊，结果他的老婆回复："他不在，我们挺好的。"

我再重复一遍，那可是他的QQ、他的头像啊！

我当时就想打电话过去骂娘了，但又怕是他老婆接的，只好删除了他的QQ泄愤。一想起我年少时的那些脏事儿、秘密，很可能被这王八蛋因为结婚而共享给枕边人，我就有一种要打上门去的冲动。

后来的某个春节，我再次见到了傻眼先生。他告诉我他离婚了，因为即便是那个突然间侵占他所有领地的女人，竟然也隐瞒着他拥有一块巨大的岛屿，且皆是秘密。比如她有一张不知为什么常常被刷钱的信用卡，她直至离婚也无法解释这些钱的走向。

傻眼先生彻底傻眼了，这发生在纯粹如他交出了所有通信密码和银行密码之后，太震撼又太不可思议，像两个许诺要赤手空拳比试一下的人， 对方一出手就是一把菜刀。

我没有带领他推翻帝制，他自己推翻了。目前他单身，建立了一套完整的防护体系，与新女友交往顺利，怡然自得。

建国立法什么的最带劲儿了，而两个热乎乎谈恋爱谈昏了头的人，最容易用法规来证明自己的爱与忠贞，并愿意享受这种被管束所带来的不自由感。我们有的时候会把它误解为“他很爱我”，这当然有快感，这也无可厚非，但底线并不该因为你们是爱人而有所更改。

我尊敬那些在一开始爱就说出底线的人。比如，不能随便翻我的包，不要乱动我的照片，不要在我吃饭的时候提尸体，等等。我有我的怪癖，这是我的底线和法规，这让对方知道，是好的。

而那些针对对方提出来的细节法规，量身定制地以“我是为你好、你得听我的、不然你不爱我”的逻辑设计出来的灭人欲法则，比如：你不能在上街的时候看别的女人，你不能穿很裹臀的衣服，你不能抽烟，你必须单手扶鸡鸡尿尿……

以上，还是算了吧，管也管不住，定了也白定。

## 相爱都有证据

报应先生并不爱自己现在的女友，至少是不够爱。所以当女友为他做很多事情时，他都表现得淡淡的。在爱情里，淡淡的是非常伤人的，它简直是对一个人不那么明确的否定，如同一道用心烹制的好菜被就餐者嗤之以鼻，或者被评价一句“还行”。长期等待被夸也是很累的，所以后来女友离开了他，最后跟他说：“算了吧，我找不到我们相爱的证据。”

周笔畅有首歌唱：福尔摩斯发现了没有，谁把爱情偷走……

是那份“淡淡”把爱情偷走了。因为相爱的证据，虽然不至于投桃报李、礼尚往来，但至少，您能在我表示爱您的时候，也表示下您在爱着我。

报应先生的女友走得好。这让报应先生想起了当年的自己，在某一任女友生日的前夕，他陪她一起逛街，女友试穿了几件好看的衣服，他都说不好看。然后，他在女友生日的当天，把这些衣服统统买了回来，一并拿给她。她当然是感动了，可又说着急回家。报应先生就给了她足够的出租车费，他以为会等到对方到家后的短信。

这一等，就是三天。

三天之后，他再见到她，和她分手了。他觉得自己生气的原因是女孩没有发一条“到家了”的短信给他。我认为，是因为他使用了“礼物”道具之后没有收到回应所造成的。用 RPG 游戏的角度来思考，我都使用了道具，你丫怎么一点儿反应都没有？

其实，真的不是要被回馈同样的礼物，只是想要一份对等的心和充分的重视及肯定。这，就是相爱的证据。

可感情就是这样奇怪，你在这个人这里拼命想获得的，在另一个人那里得到时你却并不稀罕。这样看来，在冗长的生命线中，这样的爱与被爱达到了一种奇怪的能量守恒，没有人能永远是赢家。

输赢往往在交替进行，此次就是上次的结果体现，下一次和这一次又成因果关系。

报应先生为自己在和女友交往中的无为表现感到愧疚，女友把他唯一留给她的钥匙扣拍了下来，存在图册里，标题叫“珍贵的证明”。报应先生很难过，他说自己在这段关系里确实很少用心做事，而这个钥匙扣，也是无意中才留给她的啊。

我为报应先生的前女友感到难过，祝她早日找到真心送她钥匙扣的人。

还有一种奇怪的论调叫作“讨厌形式感”，意思是在爱里不要什么表现形式，我把这种人称为“爱后不留证据者”。他们贪婪又危险，还很容易把你的一些正常期待定性为“少女行为”。比如，你在生日里期待一个蛋糕，或者在情人节期待一顿浪漫的晚餐，他们都有理由告诉你，这是一种庸俗低级和幼稚的少女行为。用词之轻蔑，让提出这些想法的你都深感羞愧。

可怎样才能正确地表达不少女的期待呢？我也常这样问他们表达爱情的方式是什么？在什么情况下才会表达？他们都无言以对，根本没人出人意表。

所以我常劝姑娘们远离这些人，这简直是一种赤裸裸、耍赖皮似的懒惰。而伴随他们的大部分是，因为他们不想给你这样的付出，所以他们也恐惧你的付出，并拒绝接受你的付出，以便自己过得能更轻松一些。那些提示“你很爱他”的证据，在他不能给你足够爱来回报的时候，才显得那么多余和形式主义。

他们是真不在乎在爱里留下证据吗？根本不是，上一个他深爱的人留给他的东西他还珍藏着。他不在乎，很可能，只是不想和你发生这样的在乎罢了。

当然，不要把对别人好当作要挟，以这些“你很爱他”的证据来强迫他回馈自己，这是对别人的不公平，别人有不接受你示爱的权利；当然也不能毫无节制地要求对方制造明确的证据以证明他爱你，这显然也容易把人逼疯。在一段正常恋爱关系当中，适当表达爱，用礼物或者其他任何方式证明爱，是非常重要的。

“欣然收下”这个词也很重要，欣然就是一种积极的肯定，接受并且表达感谢，这不是爱情方式，这是基本礼貌。

别给人一种“你在犯贱”的感觉。

要相信，在特殊日子都不能给你足够关注的人，在日常生活中，更不能给。在极端情况下不对你表达爱意的人，基本上就是没有爱意，我们穷尽精力寻求的爱情证据，其实俯拾皆是，瞒不了人。

## 情歌教我们的都是对的

我觉得古诗词很准确，它们凝练，往往用几个字就能勾勒情境，别具美感。李白就很飘逸，苏轼就很豪迈，李清照就很安妮宝贝，如果他们穿越过来，一定还是好的词人，写一些好歌，可以映照人心。

有很多人鄙视流行文化，认为它们产出了很多垃圾，极易过时，像速食面、便利店一样，很难出现经典。我不认同，我坚信，不管在什么时代，用以准确记录人状态的，都是好的。

当然，我绝对不同意你把《最炫民族风》当作一种“好的”，当作另一种好的也不行，你要是这么认为，你就把这本书撕了吧。我的意思是，一句歌词概括了什么呢？我真不懂，起码，苍茫的天涯从来都不是我的爱。

最近我过不了的一首歌，就是林宥嘉的《心酸》，他这歌唱了那么久，我到现在才酸，肯定是我的问题。可我也没有怀念一个具体的人。他唱到“跑不完的操场，原来小成这样”的时候，我分外心酸。所以，只是情歌恰好描述了我的状况，然后我被它完美地定义成心酸了。

这就是情歌教我们的事，比如表达忧伤和怀念。情歌就是这样，以唱的方式，在我们心口上划一刀，补一脚，让痛感具体化。

当然，更正面的意义，是情歌还教会我们如何分辨爱情里的真相，它是带着律动的揭穿者。有一些好情歌，就是让我们承认一些我们不愿意承认的真相。莫文蔚是个中高手，她常常用歌声讲故事，又准确，又点到即止。比如她唱“他不爱我，牵手的时候太冷清，拥抱的时候不够靠近”。对，这是肢体上的不爱；“他不爱我，说话的时候不认真，沉默的时候，又太用心”，这是表达上的不爱。所以我常拿这首歌当测试题，在朋友有爱与不爱烦恼的时候用来对照，那些不爱的人，行为何其相似，相似到一首歌就唱尽了。

我有一个好友，爱着一个人（为什么我的朋友总是爱着一个人，还总是一厢情愿），他真心地、认真地、使劲儿地爱着一个人。之所以此时重复，意在强调他的用力。但对方冷冷的、冷冷的、冷冷的。之所以此时重复，是对方真的冷冷的。

他常常陷入等的状态，等人加班，等人约会，等人和别人约会，等人加班后和别人约会后与他相见。他很焦灼，直到有一天，他听到她唱的一首歌，来自Alin，歌词如下：现在我有了幸福，有人照顾应该知足，你不像他，从不让我哭，可我越想投入越是生疏，抱得再紧，依旧止不住那流失的温度。现在我不停忙碌、不停让步，想看清楚你不像他把我当成全部，可是爱有时善良有时残酷，我要如何，爱他像爱你那样义无反顾。

他决定跟对方分手，果然，一分也就分了。这里要总结的是，如果你跟对方分手，对方立刻答应，那就是，你早就应该分。情歌本没有意义，却迫使我们思考，到底要不要和那个不爱自己的人，冷冷地继续下去。

他从来没有想到，他问过对方很多遍的问题，竟然一首歌就足够可以回答他。情歌早就告诉我们了，只是我们唱的时候还不懂，我们懂了却又不用。这多好，情歌就是人生。

而你们，有的人，边想着一些人，边唱着就把这篇读完了，这就是我对你的小小揭穿。

## 星座说得都没错

我有一位笃信星座的好朋友星座小姐。有一天，她早上去喝星巴克，被一个大师叫住了，这时她正被一段感情所扰，大师上来说了一句“你心中有个放不下的人”，而后又说，“你坚强又脆弱，你不屑于讨好别人，可有些事儿你不得不做。”

星座小姐立刻放下星巴克和星座问题，向大师投靠。

我听说这事儿之后，在微博上发了一条测试：你是坚强又敏感的；你表面看起来很开心，但内心有一个放不下的人，被我说中的人举手。

很多人举手。

于是我不怕被雷劈地想，是不是大师击中的要害，其实是每个人都有的要害？而只有在闲适地喝咖啡中被踹中要害，才达到吃了一惊的效果以及被点中的玄妙感。我几乎沾沾自喜地把微博测试结果和我想象的逻辑告诉星座小姐，她气哼哼地说：“还有很多细节没有跟你说，我们优秀的天蝎座，怎么可能会被心理攻势拿下呢。”

而优秀如她，终于也扛不住大师这最后一根压倒她的稻草。随后，她请了年假，周游西方列国，疗伤去了。

为什么我们素昧平生，我却能点中你的内心？为什么我们之前没有交集，我却能把你这个人概括得如同我们就是好朋友？这其实不算困难，人大概都有百分之八十的相似性，我们爱的人或许不同，我们经历的感受却极其类似。

更残忍的揭穿是：基本上，每个人都觉得自己很孝顺善良，每个人又都觉得自己长得……中等偏上。

我的终极意思是，人总倾向于相信自己愿意相信的事物，这也是为什么微博上坏消息层出不穷。一个名女人如果道德败坏被写出来就差不多是真的，而明星生活糜烂、朝秦暮楚、特别爱乱搞，我们相信没有“空穴来风”，所以我们对风并不宽容，我们愿意相信，所以我们信了。

星座更像是一种心理学，它透过对人的基础信息描绘与大多数人达成对应关系，并在不停的暗示下让你顺应它描述的那种行为。我之所以后来不那么相信星座，是因为我有段时间也用微博发些星座系列什么的。比如每个星座的开会逻辑，我信手画出来的那些线段，立刻获得了高声量的赞同与转发，其实我只是把不停被暗示的星座特征用图形表达出来而已。

这毫不费力。

于是，我们相信白羊座是冲动的；金牛座是老成持重、能忍耐的；射手座是爱自由、花心不稳定的；双鱼座是啰唆、多情、逻辑混乱的；天蝎座腹黑又记仇；摩羯座精于执行力、显得不够灵活可又容易形成伟大的领导人格；每个星座在我们不停阅读的过程中逐渐成形，渐渐达成了某种共识。于是，有反星座者说，那世界上难道只有十二种人吗？哦，当然不，是世界上只有一种人。

只有一种人，所以，星座小姐才被轻易地点中内心，而在爱情里彼此的折磨和倾轧，都来自那个在爱里人的臆想。金牛座和金牛座是一种巨大无比的消耗组合，那是因为你正在消耗当中；金牛座和处女座是一种和谐无比的组合，那是因为你们正和谐；天蝎座神秘而骄傲又性能力极强，是因为你正好爱过几个这样的人，他们让你无法放下又不能靠近。

我认识的一个天蝎男，当然，在我看来他并不高傲也不神秘，但他后来爱上了一个处女座，他坚信处女座和天蝎座的和谐，就真的过了一段最完美的时光。而随着时间推进，他发现了处女座的龟毛、不易讨好、自恋和假完美主义，直到他们恋情告吹，他也还坚持着天蝎座和处女座合适的理论，可现实，就是他们分开了。

是的，我们就是这样被感觉欺骗了，用我们自己愿意相信的方式。

一定是金星逆行才让我写了这篇大逆不道的文章，据说要逆行到六月二十七日，这，还有一个月。

而如果，星座可以指引我去做想做的事情，并且更加相信和坚定，于我来说，那就是星座的正面意义。

## 有些情歌过不了

张惠妹唱到“一分手就懂很多道理，一恋爱就吃亏”这句的时候，声音突然向下，如泣如诉，如披麻戴孝。刚分手的一个同学被戳中了，泪眼婆娑地说：“说我呢，说我呢，说我呢。”

失恋者为大，我哪敢跟她争，只好连声称是，并点头如捣蒜，都是唱你呢，我不恋爱也吃亏，行了吧。

恋爱中较为弱势的一方，到最后分开总觉得自己吃了亏，情歌响起，前尘往事，听《最炫民族风》也能听出当日情境。有一天，我们在KTV 伴着这歌扭动，回头看见她突然垂泪，我赶紧按了暂停，听她讲缘由，说故事。她哭着说：“那时候，我们喝多了也一起唱过这歌，配合得很好啊。”

不赖爱人，却赖情歌。

假期我去香港，如老鼠般在地铁里走来走去，甬道狭长，路人行色匆匆，大有都急着赶路回家要给爱人做饭之感。唯有我和同行朋友吃得过饱，走路过慢，竟发现一系列广告牌。广告主是谁不知道，文案却是一首首情歌歌词，蓝底黄字，分外醒目，它写“爱让我们虚伪，我得到于事无补的安慰，你也得到模仿爱上一个人的机会”，它写“世界再大，也只要求一点，我再好不过你的一个指尖”，它写“忘掉种过的花，重新地出发，放弃理想吧，尘封的喜帖，你正在要搬家”，真是走个破路也中枪，还枪枪毙命。

那时，我正陷在一段挥之不去、欲罢不能的灰败感情中，不由得黯然，那时我就想，情歌，你去死。

但，还是忍不住看了一路，后来总结说，不是情歌去死，应该林夕去死，最好和黄伟文拉着手。

年轻的时候并不懂，听辛晓琪唱“多么痛的领悟”，我闭上眼睛，佯装自己是那个“深爱过的男人像孩子一样无助”。更年轻的时候更爱具象歌词，遭遇第一次失恋听莫文蔚唱“他不爱我，拥抱的时候不够靠近”。再后来突然要奔向生活烟火，分外喧闹，又羡慕粤语歌的残酷清冷，如“你是千堆雪我是长街，怕日出一到，彼此瓦解”。而今老歌再听，再唱“那一种想见不能见的伤痛，那一份爱还埋藏在我心中”，已是别样心情。

而今，我过不了的一首歌是《心动》。那时我刚告别一段恋情，它有一天在收音机里唱：“有多久没见你，原来你一直在我身体里，陪着我呼吸。”它揭穿了我，让我在汹涌的车流里差点儿泪如雨下；它忧伤，“原来你背影那么长，一回头就看到你”；它淡然，“过去让它过去”；它明朗，“白云缠绕着蓝天”；它难过，“来不及，从头喜欢你”……

它多像，一个刚刚失去爱人的人那种死循环地反复啊。

所以，情歌不死，常唱常新，好听又难戒，没有哪个国家比中国更重视歌词，那些外国的士高，翻译过来无非是“姑娘你真漂亮，我爱你，我亲你一下，行吗？”哪像我们，又勾勒情境，又描绘心情，每个人都有一首过不了的死情歌，基本上都是伴着美好故事，或者丧过曾经佳人。你脑海中将这旋律配上一些画面，做成黑白，沉溺啊，“你该如何回忆我，戴着孝或是很沉默”，词改得再搞笑，也难掩心伤。

So，入选“伤死那些失恋人，我唱死你榜”的歌手有：掏心窝子高手陈奕迅先生，能把一斤半芳心捣成茄泥；莫文蔚，《打起手鼓唱起歌》的入党专辑除外；孙燕姿、张惠妹、那英，华纳如泣如诉、戴孝诸女神；冷僻粤语、丧神如弃妇谢安琪小姐；咬字不清、都市伤人犯林宥嘉先生；国语高跟儿鞋踩死失恋者小组张悬、田喜碧、魏如萱；墓碑女侠许美静、潘越云、彭羚、娃娃、陶晶莹、王馨平、刘若英诸位姐姐；乐坛张小娴黄小琥、乐坛三毛齐豫、乐坛《知音》主编辛晓琪；难辨地域、貌似东北人新喉音杀手曲婉婷。

还是周华健好，更多选择更多欢笑，咱们还是牵手合唱《朋友》，一生一起走吧。

可我也知道，我们都一样。朋友哪能满足得了我们这颗贪得无厌的缺爱之心。

SUPER SOFT ICE
OFTEN LICKED NEVER BEATEN

# Part 3

## 我 要 让 你
## 看 我 幸 福

## 再见傲娇小姐

写下标题之后，我去百度了一下，才发现“傲娇”二字原来师出有名， 被解释成外冷内热，蛮横娇羞，并被列为“萌”的一种属性，指的是人在不同环境条件下，会变成害羞和黏人的特质。哦，我的天，做百度百科的人，真是渊博，渊博到它的解释那么准确，简直就是我身边的傲娇小姐。

当然，那个时候“傲娇”这个词还没有出现。

傲娇小姐当然不对所有人傲娇，对快递声色俱厉的往往也是她。若说全书中最让人毛骨悚然的人大概也就是她了。她穿着高跟儿鞋咔咔走过来的时候，会带来一阵香风，简直扑面而来（令人背过气去）。

她又娇弱地看到你眼神从下往上看过来，让我觉得自己就是一个 90 后的非主流摄像头，然后她突然咿嘤一声，像突然才发现了我，立刻加快步伐，呈小碎步跑过来，站定后双手放在身后，低下头甩动刘海儿以让它们显得更均匀， 然后抬起头说：“亲爱的。”

那声音是酥酥的，可我不是中年人，她摇摇欲坠似乎随时要倾倒到我的怀里，我制止她说：“有事儿说事儿，别黏糊。”

我对她没有意见，每个人都有掌控自己躯体动作的权利，但我也常正色告诉她，一个人要真实，不要连续肆无忌惮地高频度地使用傲娇模式， 这会让一个男人产生持续不安，并引发狂躁，直至动手打人。

果然被我言中了，傲娇小姐和男友分手了，无非又是以撒娇的方式骄横，或以骄横的方式撒娇。对方实在无法忍耐，动手推搡，导致傲娇小姐小腿某处瘀青一块，执子之手，将子推倒，是真的推倒啊！

傲娇小姐安静下来，面对着我泪水涟涟，哭的表情也像设计过的，总有半颗泪挂在脸颊上欲坠不坠。她又抬起泪眼来，那叫一个烟雨蒙蒙，我说：“行了，少废话，收拾家当，赶紧分手吧。”她双唇张开又合上， 叫了一声：“头儿。”随后，她又咿咿嘤嘤地哭了起来。

可她长得真不是那种古典美！真的不是那种古典美啊！后来我们也聊了很多，也不过是，一个女生陷入爱情之后的种种正常表现罢了。当然，配合着傲娇小姐的行走坐卧、眉眼高低，这些戏确实显得过了些而已。

傲娇小姐爱比较，男友要去和哥们儿看电影，她就嗔怪地说："我还不如电影吗？"男友要和哥们儿去看球，她就嗔怪地说："我还不如球吗？"男友听得厌了，就说，不如。她就哭闹，玩假绝食、假绝交，男友只好过来哄，哄的时候她就又说："有空陪哥们儿看电影、看球，就没空陪我，反正我就是不如电影、不如球，你到底是怎么想的？"男友想了想，也不知道自己怎么想的。她就继续哭闹，继续假绝食、假绝交，男友终于想出来了说："好，我告诉你。"她抬起泪眼，大喊："我不听，我不听，我不听。"

"不如电影不如球"的傲娇小姐，在热恋中被当成小情趣的傲娇，在热恋之后会变成一只没有杀伤力却也让人无法忽视的癞蛤蟆。男友在处理这些零碎案件中逐渐积累着愤怒。一个女人的降临彻底改变了这个直男的人生，在许多拉锯般的傲娇战中，他几次恨不得挥刀自宫或者将自己掰弯，他终究理解有句话叫"男人来自火星，女人来自金星"。

终于有一天，他决定告别金星，傲娇小姐哭着倒向他的时候，他没有扶，傲娇小姐扑空了，摔倒在沙发上。她哭喊着说："你，你竟然推我，你……"

男人摔门离去，再也没有回来。傲娇小姐抱着他留下的宠物小白兔，哭了一个小时，直到确认他不可能再回来了，才止住哭泣。她喝了一杯凉白开，拿出手机咔嚓咔嚓拍了自己一组落泪后眼肿着的照片，又把小白兔揪出来抱在手心里，来回抚摸说："他不要我们了。"然后，她又落了泪，趁着泪欲坠不坠的时候又咔嚓咔嚓拍了四张照片，在两组中各选了最好的一张做了磨皮，随后发到了微博上说：无法再爱。

我没有再安慰傲娇小姐，我甚至为她男友的逃走默默鼓了一下掌，傲娇小姐的目不转睛却让我无法不对她表现更多的同仇敌忾，我说："太不像话了，怎么能看了你的微博，也无动于衷呢！"我点开她的微博，她的刘海儿略微散乱，她和兔子的眼神都楚楚可怜，却真是，零个评论，零个转发啊。

傲娇小姐沉沦地过了一段不化妆、不穿高跟儿鞋的日子，她蓬头垢面像《失恋33天》里的白百何一样，可我没有办法做大老王，我觉得伤心使人进步。她不再走路摇摇欲坠，不再化大眼影、贴假睫毛，看起来轻盈了不少，她不喷香水之后整个人看起来也极为素净，算是个好看的姑娘。

有一天，在楼道里我叫住她，我说："你好点儿了吗？"她抬头望天，说："嗯，好多了。"之后，又坚强地望向我说，"只是，不能再爱了。"

我的天啊，我很忙，我立刻去出差。

很 多 不 得 不 ， 才 构 成 人 生 啊 。

我们终将彼此原谅，还不是因为都将经历人生大路径，空气与死亡均等，时间买一送一，成就了你假想的他，也成就假想着他的你。

## 一夜迷情

这真是个让人脸红的话题，所以我建议，低龄的读者可以略过此篇，从受众心理上讲，这篇将被更细地阅读，但这也没什么见不得人的。

对，这篇说的是一夜情。

我常觉得莫文蔚、张洪量那首《广岛之恋》是首一夜情的大歌，以至于每每有人在 KTV 对唱，我都面露怪笑。但我相信那些“跨过道德的边境，我们走过爱的禁区”的男女，都怀揣着巨大的寂寞和临时的像模像样的爱情。这一夜，有一部分人败给了欲望，有一部分人败给了那种无依无靠、无人可思念的不安全感。

女人的一夜情常伴有各种期待，这是她们守身如玉的原因。在性这件事儿上，女孩儿受到的束缚显然更多一些，当然，这也许只和她们不像男人那样爱吹嘘有关。

我认识的守身如玉小姐，常常让我们有一种她不需要恋爱之感，甚至她几度安定得让我们怀疑她的性取向。她就是那么淡定地和另一个女孩合租着房子，不带男人回家，也从未见她留宿在外。

可她，竟也是有过一夜情的女人。

这让我立刻对她刮目相看，可内心又不免叹气，觉得她这个实体的布娃娃，终于被淹没在都市喧闹之中，瞳孔和白纱裙染了一些烟火气。她悠悠吐了口气，说，败了。一夜情的不败者都是坚定的身体主义者，在安全措施得当的情况下，他们视此为身体瑜伽，用于缓解皮肤饥渴和心灵寂寞。败了的人则因为有太多需求，试图透过身体获得更多解脱，但现实中他们常被一夜情之后的巨大失落压垮，仿佛在体液输出过程中也掏空了身体。

守身如玉小姐的一夜情对象，是自己的高中同学，他们默默陪伴彼此走过许多年。守身如玉小姐也许是爱他吧，却未曾向前多走一步，所以当他们在北京再度相逢，又都告别了少年的矜持，必是有发展和想象的空间。

他们身形微微走样，在后海喝了一些酒，聊些陈年旧事，与那些到此游玩或者纯粹聊天的人不一样，他俩喝得半醉不醉，都有点儿心猿意马，谁也不敢提下一步的计划，可内心又都揣了头小鹿怦怦乱撞。终于，男人打破僵局，他说跟我走，然后到了一家三星级酒店。

酒精催发了那些多年间积蓄的能量，还有寂寞男女身体透露出的强烈性信号。那是北京的九月，酒店外的大杨树哗哗作响，像波涛一样。

他们终于接近了彼此的身体，用最直接的方式表达热烈。守身如玉小姐在那一刻似乎碰到了自己多年想象过的东西，直到他和她合二为一。那种感觉依旧浓烈，她在这一瞬间闪回了之前的很多事，包括他们一起走出校门阳光很好，他回头跟她说再见，他额头上有短发的阴影，眼睛眯成一条弯弯的细缝儿。

而后，他突然在她的身体上发出一种类似哭的声音，她以为是自己弄疼了他，后来发现，他只是……太快乐了而已。好吧，人的动物性在这个关键时刻呈现让守身如玉小姐不知所措，她再三确认这种呜呜声的成因。即便她接触的男人不多，她也觉得男人这样叫床委实夸张和戏剧化了一些。

她身体似乎变得不再柔软，呜呜声将一切动作隔断成类似于一阵阵令人不适的压迫感。伴随着呜呜声，她似乎也快找到最顶点的时候，男人突然凑到她耳边，问她："你到了吗？"

到哪了？她迅速想了一下又迅速明白过来，但这个问题让她停住，尤其是出现在呜呜声的间歇里，她很屃地点头说："嗯。"对方发出了一声长长的怒吼，那让她担心窗外的树叶也被震落。事实上，这声怒吼之后还有更多声极其猛烈的怒吼，从高到渐弱，她陷入了一段短暂的空白里。在她清醒过来之后，男人已经迅速地离开了她，在厕所里……大便。

是的，大便。在隔音不好的三星级酒店，她独自蜷在被子里想试着轻轻啜泣，又觉得自己已然超龄。在此时哭着说丢了身体，会过于矫情。她又闭上眼睛，试图睡去，可男人在厕所里使劲儿的鼻息声如此巨大，让她无法忽略。而后，她清晰地听见一声“吞儿”，是的，是那个入水的响声。

她不好意思地泛起了一阵恶心，即便，这是刚才和自己发生最亲密行为的似乎也算自己爱过的一个人。忍住了恶心之后，她自己都觉得对男人有歉意，可他显然不知道这些，甚至他还在得意于自己刚才的表现。在那个入水之后，他满意地呼出一口气，而后对她说：“明天早上我们一起吃早饭吧？”

她在这句问话后闪电般地想了十五个拒绝的理由。但她很㞞地说：“嗯。”男人出来了，还是裸着的，然后钻进被子里从后边环抱住她，又亲了一下她的脖子，然后从容地睡去了。

她在男人沉重呼吸里把他的手轻轻挪开，然后躲到床的最边儿上去了。她后来睡着了，她也累了。早上，她终于还是和他吃了饭，他像一个发光的物体突然没电了一样，在酒店那有些水渍的玻璃窗前，显得微老。他似乎一下子和她熟悉了很多，大口喝粥的时候才突然注意到她的注视，而后他睁大眼睛做了个“怎么了”的表情。她摇摇头，把目光投向窗外，秋天终于来了。

这就是守身如玉小姐一夜情的故事，她在向我复述的时候，也没有搞明白，是那三个与众不同的小概率事件摧垮了她，还是多年梦想实现的失落感击落了她。她就是很难再找到当年的心境，对此她深表遗憾。甚至，她一并失去了，再次和他走过大树路灯下的斑驳阴影之中，奔向宾馆的忐忑心情。

有些感情就是得到即失去的，就像你惦记了那么多年的一个包，终于买了，感受却不过如此。

## 好人病要不得

好人小姐是个热心肠，身为一个外强中干的女子，她体魄健壮，目光有力，内心的小宇宙非常强大和完整，唯独有个弱点，让黄金圣衣也无法保护她，就是因为，她是个好人，且是个吃了好人药的重症患者。

好人症，是一种讨好型人格必犯的综合征，临床表现是，为了合乎好人的标准，而违心地做一些自己本来不想做也本可以不做的事情。在九型人格里 ，此类人被称为讨好型人格，为Ⅱ型。

比如，她好不容易开始了妈妈离家旅行后的独居生活，却不慎和自己某个同学在 MSN 上会面。所谓缘分就是，你们在 MSN 上彼此沉默一百年都没有说话，却在你有空、她也有空的这个瞬间，按下了彼此的名字，开始了一段对话。

对于“好人病”患者来说，绝对不能容忍两人聊天突然冷场，于是在某同学发表了想来北京的向往之后，好人小姐自认客气而节制地邀请了对方。当然，在今天看来，这一定是接近热情的，带有“来我这儿，我管吃管住”性质的盛情邀请。即便是她关掉对话框就开始后悔了，也只能微笑地准备迎接南京同学的到来和即将被影响的刚刚开始的独居生活。同学次日就从南京到北京，好人小姐不得不去机场接了她，为此还借了车。后来， 她又带着对方去吃饭，并将她安顿在自己家中。

这一切都伴着一些叙旧，虽然没什么具体的话题可说，但，你知道，但凡以“我们那时候”开篇，总有一些可聊可笑的，所以第一天，好人小姐的感觉并不差，甚至她觉得，这样一个老同学住进独居空间里，略有解决寂寞的微弱好处。

次日，好人小姐的独居生活开始被南京来客打乱，适逢她自己正在看中医、喝中药，做身体调理。早晨的时候即便她再蹑手蹑脚，还是会惊扰了南京同学的清梦，那同学玉墨般大度地打了个超过一分半钟的哈欠，惊人的肺活量证实了她这些年保养得不错。而后，南京来客大度地斜倚在好人小姐家的沙发上，皱眉说：“好重的中药味儿啊。”

好人小姐为此感到巨大的抱歉，立刻弹起身，打开窗将中药味儿散一散，脸上挂着歉疚，有一种婆婆来家里小住的微妙痛感。

这样的痛感在接下来的几天里集中出现，包括好人小姐写稿时南京来客看着电视剧大哭，以及长期占用卫生间在马桶上煲电话。好人小姐一方面觉得生活确实不方便，一方面又被自己这么好给打动了，她觉得，嗯，我真是个宽容又念旧的人呢。

好人小姐假借繁忙的工作，尽力错开和南京同学的彼此相见。因为她突然怀疑自己和南京同学到底有没有那么熟，这个问题让她有点儿难眠。后来她发现了一个巨大的现实，就是原来南京同学竟然是她在上学时候比较不喜欢的那一个同学。

好人小姐在第七日的时候，被一种接近愤怒的烦躁席卷了内心，“好人病”却让她在面对同学的时候保持着高度优雅，比如早上熬中药时，她要露出一种不好意思打扰到同学的表情。比如晚上不回来吃饭的话，要带给南京同学一些甜品或者别的。

这天她看见同学的行李箱大大咧咧地敞开着放在自己家的茶几上，突然升腾起一股怒火，她迅速地把行李箱的拉链拉上，怒气冲冲地把它拎下来，放在了地面上。第二天，早起的她，好人病再次发作，觉得自己非常失态，怎么能这样对待老同学呢，于是，她把行李箱又放回茶几上，又给它拉开拉链，尽力复原成原来敞开的样子。

这天，对方在 MSN 上说自己下周一就离开北京了。好人小姐压抑着惊喜，赶紧问我她该回对方什么，我说什么都不要回，因为我知道客气病的她一定会说“为什么不多玩几天”之类的话，不客气的对方也一定会说：“好，好。”

这样的事例在今天下午被证明了。二人短信通话后，好人小姐说：“我得八点半回去，你自己解决晚饭吧。”对方说：“好，我自己解决。”好人小姐客气了一下说：“那如果你能等的话，我回去咱们一起吃也行。”对方想了一下说：“好，好。”

好人小姐看了我写的，愧疚地说：“你这么写，我有点儿不安。”

可是，能有什么办法呢，我理解她，我也是这样的时而自我，时而大方，时而拧巴的“好人病”患者一个。但后来我戒掉了一部分，我不觉得帮助别人不好，但如果这种帮助打扰到我，且我内心并不这么想的时候，我一定鼓励自己不去帮助。当年的我也会热情地把对方接到我的房子里，现在我会给他订一个更舒适的酒店，这对我们双方来说，都有好处。

好人病是要不得的，违背内心意愿的事儿都坚持不了太久，感情就更是如此了。

## 上一季的人都与你无关

说起走不出去小姐，我们已是四年不见。总有这样的朋友，你们在一个城市，彼此感觉很亲近，可你们，就是很久没见面，没有合适的时机凑在一起，但这也不影响你们亲近。

走不出去小姐，就是我生活中这样的一位。

上次见她，是因为她男友突然不见先生突然不见了。她给我打了个电话，问我在哪里，我说在家，她让我把地址发给她，然后她如海啸般准确袭来，窝在沙发上逗我的狗，说着好可爱，好可爱。然后，她突然失声痛哭。

有一些人，具有天生把情绪 PS 之后表现出来的能力，走不出去小姐就是这样。所以她的情绪都以当时那个情绪的平方来表达，我也习以为常。她说的具体内容我记不得，反正就是，突然不见先生突然不见了，甚至临走时还给她在床头放一杯温水，头一天还关切地问了次日穿什么。

这当然不是人口失踪。在爱情里，有一部分这样的人，他们选择突然不见，不是因为出了车祸或被人行劫，只是面对一段感情无法继续又不知道怎么解释，他们就选择——消失。

消失本不可怕，如果提前打过招呼的话。最怕的是这种人往往假装宅心仁厚，在最后一刻也不放弃展现温柔，这让留下的那个人的疑惑更大，那就是，为什么，他可以对我这么好，又在这么好的情况下，人间蒸发。

这解释起来也没什么难的，无非是另有新欢、不再爱你、讨厌现状，他必须靠离开你重新生活。与其说这样无法面对你，不如说他们无法面对自己，承认自己性欲强多难啊，尤其是他们这样的完美人格型选手，他们必须找一个合适理由，比如你给他巨大的压力，他又是怎样的挣扎。这些人需要被揭穿的是，他们离去之前的所作所为，只为了让你更爱他，达到他爱自己的目的。

走不出去小姐双倍呈现了她的悲伤，泪水像口子被撕得很大的巧克力豆撒落下来，滚了我一屋。我无法解释，毕竟我不是突然不见先生。我把肩膀给她，让她哭个够，然后她走了。

之后我就陆续看到了她的表现。比如在微博上，上一分钟她还在感叹开会好有成就感，下一时刻又开始厌世悲观，要立刻逃回家。甚至四年之后的某天，我还看到她怀念地说："哦，今天是我们认识多久多久了。"

这真让人烦躁，分手之后的时光何其难熬，可她竟这样滴着血走到今天。前些天，她在腿上文了一个图腾，众人都在猜那是什么。她说："是突然不见先生的名字。"

我听后，暗暗后怕，幸亏——突然不见先生的名字简单啊，真要是叫"赢"或者"毅"，还不得疼死吗。

这是插曲，我深信她还是没有走出来。痛苦是会让人难受的，一旦沉溺，如同热水泡久了就没那么烫了，有些人会将其变成一种变态的美。走不出去小姐应该是在强化情人离去这个事实本身的同时，看到了那个沉溺在爱里痛苦、难过得略显凄美的自己，并且，爱上了这个对爱忠贞，对旧情不愿放手的戏剧化的另一个她。而这样一个她，怎么可以轻易爱上别人呢？这，就是她走不出去的终极原因。后来，我又听到走不出去小姐的消息。几年后的这一天，她看了一部关于老人的电影，她给对方发了一条短信，大致意思说，如果有一天，你老无所依，我愿意陪伴。那种过尽千帆的语气，却表达了一个强烈的示好信号。我被暂时感动之后，立刻怒其不争，突然不见先生自然没有回短信，但据说他有些许的感叹。

被一个人持久地爱着，必然是值得感叹的。

好想打醒走不出去小姐，也好想对她说：其实在这个人离开你的时候，已和你毫无关系。而你用来沉溺的时光，并不能换来什么，且，在这个过程中，你丢了现在，也赔了未来。

## 败犬的战歌

我不小了，我的女性朋友们也都被认为或者自我认定为大龄女青年。用年龄来划分确实不公平，可这就是一个俗的世界，我们在某些时间节点聚会，偶尔谈及年龄，有岁月飞逝、无法挽回的沧桑感，略感悲凉无力。虽然我们有时只是说说罢了。

三十岁之前，我曾被这个年龄吓醒，半夜突然焦虑起来。三十岁后突然海阔天空，时间对我似乎并没有意义。但它作为客观存在，确实是唯一记录我和这个世界共同前进的标准单位，根本不容我执拗。你慢慢会知道，谭咏麟那样永远二十五岁的话只是噱头，他一定打过羊胎素保养，但体形也会发福、脸有疲态。配合着我年龄增长的是家人偶发的叹息，他们的忧虑来自于，我既没有组织一个家庭，也没有带回一个女朋友，看起来年年原地踏步，一事无成。

女人面对的压力和承受的叹息比我多得多，她们除了对抗时间，还要对抗因时间带来的地心引力、皮肤的质感、生育的黄金阶段以及一个女人在这个阶段似乎必要的心理扶持。有一个人在侧似乎远比爱一个人更值得努力，我固然不服这些逻辑，却也被时间的强大所撼动，好在女性朋友们坚持着选择权，没有因恨嫁而低头走到不投入的婚姻生活中，这让我略有安慰。

《败犬女王》这部剧早红过了，女编辑爱上了“小鲜肉”，八年距离，身份悬殊，似乎不可相爱，但他们爱上了。几经分合，他们最终还是选择在一起了，我常提及这部剧鼓励身边败犬，她们都说不相信，眼里却又有片刻希冀。

也有受了情伤的她们，偶尔来到我家避难取暖，说起未来尽是绝望。她说：“我还会爱上谁呢？谈恋爱在一起，然后彼此适应，这是多么麻烦的事情啊。”她略微调整姿势，缓缓吐出一声叹息，似乎很艰难的样子。我想劝她，却又无言。

这一天，我去另一个败犬家里，我从未叫过她败犬。其实是我不敢，我们叫她高管小姐吧，她短发，强势，观点明确，逻辑清楚，摩羯座，工作起来雷厉风行，身上有呼呼风声，带队伍纪律严明、杀伐决断，生活中也是意见领袖、圈子中心。这样一个大女人，似乎并不适合谈论爱情。事实上，我们也很少谈及，她的情感世界像她的来历一样，神秘、沉默、高远。

这次我来到她新搬的大房子，彼此问些工作动向。此时，她的公司正面临一次合并，一切尚无定论，我们几个朋友坐在空客厅里喝啤酒，她突然面有娇羞，而后说："我恋爱了。"

故事其实很简单，大部分爱情的发生都有个寻常开篇。她带着几个朋友去拉萨玩，在游人如织的八角街，钻进一家店里买唐卡，就看到一个人在认真地画画。她们一伙儿女孩，决定把这位——嗯，我们就把他叫大师兄吧——起哄介绍给同行的一位女孩。随后她们成功地要到了电话号码，她走出店，和女伴们开玩笑，没有异样。

晚上的时候，她们约大师兄出来喝酒。二师兄也随着出现了，比她小十二岁，瘦瘦高高的，眼神单纯明亮，是一个读完小学就开始画唐卡的孩子，笑起来略显羞涩。

她们喝啤酒，玩互相评价的游戏。她说："二师兄，你是那种一群女孩子走过来，你心里立刻确定了会是哪个的那种。"二师兄说："是啊。"他眼睛里还有闪闪的东西。

他们交换了电话，第二天同游拉萨，走了很多地方。二师兄牵着她的手，突然跟她说："嗯，你说那句话的时候，我心里确认的就是你啊。"

是的，就是这样。她也没有想到这个表白，如此自然。可她分明也想过，比如他们相差十二岁，或者在两个地方工作，或者其他。

她说是我们太不单纯了，把爱掺了很多东西进去。所以回到北京后，她心里还是有一只小鸟在乱撞，她常常感到虚幻，像突然拥有了一件美好的东西，住进一个陌生的房间里，和一个偶像撞了个满怀。她羞怯地让我看他们发的微信，那么热烈。

她讲她那天看了一个日剧，男女主角也是姐弟恋，两人一番云雨之后，女的心理负担很重，第二天心事重重地走出酒店，一直走在前边，男主角问她怎么了？女的说："我们相差那么多。"男的站定了，望着她，说："地球有几亿年了，在它看来，我们是同龄人。"

我被这个故事感动了一小下，这一定是个跟《败犬女王》一样美好的剧集。可高管小姐的爱又让我知道，这些似乎也可以在生活中发生。高管小姐打电话给在西藏的男友，对方没有接，她就跟我们唱歌，后来我说我们要走了，她起身送我们，而后关上了门。其实我知道，她会再打电话给他，她有一种小女生恋爱之后的幸福的忧虑，这非常好，不打扰了，祝你幸福。

回去的路上北京又开始下雨，这样的天气，让人真想谈一场恋爱。可能你四顾一下发现也无人可爱，可这也没什么，悉心再等等吧！你不知道会遇到谁，也不知道会爱上谁，这多奇妙，只要坚定地认为，那是会发生的就好。

## 好人的好坏人的坏

只有好人才寝食难安，坏人都睡得很安稳，这是好人安慰另一个好人时常会说的话。可，这个世界上哪有纯粹的坏人或者好人呢？我们都是普通人，一个普通人沦为另一个好人眼中的坏人，大部分是，那个人不爱或者不够爱自己罢了。

是的，我们这里讨论的不是那些犯罪嫌疑人，这里的坏人绝非穷凶极恶之辈，恶意也不是发自心底。他们之所以坏，是因为他们扼住了对好人来说至关重要的东西，又不以为然地把它们当作了和水、风、空气一样平常，比如爱、在乎、真挚的感情，等等。

我并不急于为他们辩护，但确实，在一段关系当中，不够爱的那个人确实容易蜕变成坏人。一部分是因为好人过于好，纵容出一个人的坏脾气；一部分则是好人过于用力，坏人们就更加用力反弹，像被按下的弹簧一样。

播音小姐声音很美，身材也好，又懂风情，精于文字，看起来是个完美的女人。有一天，依旧很好听的声音告诉我说："我和男友闹翻了，那个浑蛋。"

注意，是浑蛋，不是王八蛋或者其他京骂。她节制冷静，后来她打字给我说。我想她该是哭了，又不愿意带着哭腔讲给我听。她背着人，泪水涟涟，竟然，面对人的时候很幽默。她真是一个感情里的好人，在此无法一一描述细节，总之如果我是她这副样子就绝对不是这样的好脾气。她还常常给男人做饭，并曾笑着说这难道不是应该的吗？我被她的真诚感动了，只好说："有你哭的时候。"

我也不知道为什么说这句话，曾经一度认为过于溺爱对方就很容易失去他，后来证明我错了，因为有些浑蛋，你不溺爱他就会立刻失去他。播音小姐的男人我没有见过，我只好叫他出差先生，因为出差先生总是出差。播音小姐这天和出差先生在家看碟，看着看着，突然出差先生接了个电话，而后磕磕巴巴地说起了英语，播音小姐顺嘴挤对了几句，出差先生突然面露难色说："你先去洗澡吧，我回来和你说些事儿。"最讨厌说话说一半的人了，相信我，爱情中很多欲言又止中大多隐藏着较大的秘密或者惊喜，当然，惊喜是非常非常少的。播音小姐带着几百个问号去洗了个澡，回来后被出差先生搂起来缓缓地讲起自己的故事。播音小姐肩膀微微颤动，鼓励他讲下去。他说他在和播音小姐交往之前就认识了一个人，在泰国，对，从事那种工作，后来， 就成了朋友，属于经常联络的那种……

所以，至少有两次出差先生的出差是出轨。那一刻播音小姐觉得五雷轰顶，她骂了一句：“操，你以为你爱上了杜十娘啊。”她又想起自己在出差先生回来的夜里穿上火辣的令人害羞的内衣。那时，出差先生打了个哈欠说：“嗯，真好看，我好累，睡吧。”她突然由衷地感到恶心，说不出什么话。

她以为这么狗血的剧情不会出现在自己身上，人生最悲哀的莫过于自己在准备痛骂小三的时候发现……自己才是。

一个男人为什么会爱上杜十娘，这是很多正室揉烂脑门也无法想通的问题。我被播音小姐追问的时候也不知道如何作答，但我还是基于动物本能来思考，一个人爱另一个人确实无须更多理由。杜十娘在成为杜十娘之前也经过了漫长的童年，他们四目交会的时候如果换了其他的背景，大概就可以被叫作爱情了。而一个人不顾身份、顶着巨大的压力爱上另一个人，是不是也算真爱呢？我想这样反问播音小姐，但怕压垮她。

播音小姐冲下楼，发现自己什么都没有带，她抱着双肩蹲在门口。十五分钟过去了，出差先生仍然没有追下来，她带着眼泪甚至看了几次单元门，于是她决定走得更远一些。好人在这个时候总是举目无亲，她擦干眼泪看了下周围，突然觉得肚子好饿，又发现自己没有带钱包。

可，好人是不允许自己上去拿钱的，难道要按响门铃把脸凑到门禁前说“我没原谅你，我来拿下钥匙、钱包和手机吗”？

用句老话讲：这简直弱爆了。

这个案例提醒我们，最好不要愤然冲出家门，即便决定要愤然冲出，也要带好金银细软。

案例并没有结束，出差先生终于下楼来找她，遗憾的是他没有冲下来也没有即刻将她抱住，和其他被揭穿的男人不同的是，他带了钥匙、钱包、手机。他在她的身后站着，突然用了大招，他流下了眼泪说：“对不起，不要走，好不好，要走也是我走好吗，你回家睡觉，好不好？”

播音小姐在这一刻突然瘫软无力，她大概是想要原谅这个人了，她默默地跟着出差先生上了楼，电梯“叮”地关上门的时候，她想自己是很爱他的吧。他手臂的曲线还是那么好看，手指那么白，可怎么会，和另外一个人，以那样的方式痴缠和发生关系。

播音小姐与出差先生暂时分开一段时间，出差先生正好要去外地参加一个朋友的婚礼。播音小姐边逛街边给自己做心理建设，好人的底线在左顾右盼中逐渐降低，在“不舍得和对方分手”这个前提之下，她难过了一阵子。然后她决定试着往前走走，出差先生并没有再道歉，甚至在这一天里也没有主动联系她。她走过三里屯橙色大厅的喷泉，阳光正烫，穿过喷泉玩水的孩子们声音尖利，刺得耳膜好疼。

大部分在爱里弱势的一方，在爱的过程中底线已经降得很低了。他们像羽毛球一样，在被一拍子打下来之后迅速掉转方向而后缓缓落地，尽量减少自己的伤痛，接受现实是他们常做的事情。我把这个叫作爱的代价，代价就是你必须忍的那部分。事实上，人是很容易妥协的，这就是为什么得不到完整的爱的人，坚强固守也为数不多过几分之一的原因。

那天夜里，播音小姐对着手机唱了一首《美丽心情》，上传到“唱吧”里击败了全国 95% 的人。看到结果的时候家里突然就停了电，空调停止运作，屋子里突然变得好热。她走到楼下去买电，发现今天停机维修，她摸黑洗了个冷水澡，然后，摸到床头准备好好睡个觉，手机也要没电了，她发了条短信给出差先生：“没有电了，楼下也没法充。”出差先生大概睡了，没有回音，这是北京入夏以来最热的一天。

明天一切都会好起来的，她想。而这一刻，她竟然有些想念出差先生， 那个坏人在干吗呢？想着想着，她就睡着了。

你看，没有好人，没有坏人，只有你愿不愿意接受的人。

## 一开始都想倾城

那天我说我要收集爱情故事，就有一个女子留言说，她可以把她的故事给我。

即便是纯好奇的角度，我也愿意听，她就是那样一个袅袅婷婷，会穿旗袍，行走在上海常德公寓也很和谐，却突然走在北京中关村大街上的女子。要知道，能被称为“女子”的女的已经不多了，北京就更少。她有一股读过很多书才有的书卷气，文字干净、节制、准确。她在微博里写盐水毛豆，都能让人口齿生津，这个像从老上海上世纪三十年代穿越过来的女子，坐在那里吐了一口气，也该有故事吧。

后来她说，所谓故事，也很俗套，无非是一开始“原来你也在这里”，到最后“到底还是枯萎了”。

我跟她并不熟悉，她身上有一股劲儿，也不是倦怠，是走过一些路，经过一些事情之后有点儿无奈的不着急，听过她的故事才知道，原来那是茫然。

人被生活震晕的时候，就有茫然。她的茫然就是，她为他从上海搬到北京，同居生活，开始过日子，对方拿戒指求了婚，还买了婚房，订了婚宴。忽然，有一天，对方说："我们分开一段时间吧。"

那消息如此重磅，像核弹爆炸。其实核弹爆炸也没什么，只怕人还活着，要接受现实，含泪重建家园，而这句话又如此平静，发生在他们同居六个月后，她刚下飞机回家的路上，之前他们还像模像样地异国旅行。随后，她耳鸣两日，对方说什么，全然听不清。她想不通，尤其新生活刚尘埃落定，似乎要翻开一本书的新章节，还来不及喘第一口气。说起来，她也算抛却一切，告别亲朋好友，切断工作人脉，投身到陌生城市，也是奔着要建立全新关系，适应准妻子身份。这个做惯西点的人，要走进厨房煎炒烹炸，猪油葱花。她的工作不那么忙，或者她并不想那么忙，想做二分之一的家庭主妇。书上说过要想拴住一个男人的心，就先拴住男人的胃，她从来无意要做寻常主妇，但觉得在爱里，这些都是应该的。

而，爱来的时候也如分手消息那么突然。男人是双子座，大她九岁，完全陌生的职业背景，可却有那么多相同之处，用她的话说，真是"原来你也在这里"，恨不得要"奔走相告"。那种状况像沉默等待了多年，也擦肩而过了很多人，唯有他，打个招呼笑了一下，伸手过来，拉上她就走了。一路上还有很多话说，于是常聊天到半夜，她爱昆曲，写小楷，这种生僻爱好，他倒是样样可谈，还有比这更合适的开头吗？

他们谈诗，习字，看话剧，写两地书，交换日记，无比愉悦，日子迅速向前，就到了他们先后来北京的时间，开始真正同居，女子的故事有了拐点。

后来她说，这是宿命。男人求婚的指环竟然小了两个号。后来她又说，其实男人真爱昆曲吗？有一次难得的演出，阵容前无古人后无来者，他照样呼呼大睡。爱开始的时候，人会放大相似的那部分，分手的时候却在玩命找不同，所以关双子座什么事儿，开头和最后不是两个人，是一个人的两个端点罢了。

男人是苏北人，常怀念故乡的包子，总抱怨北京的包子不合胃口，她骑着自行车各处寻觅，竟然买到五种。第二天早上，端上桌，带着期待， 男人各吃一口，摇头叹气，统统倒掉。

她也生气，只是没有表现，最后解决方案是拜托扬州的朋友每周快递，包子来自富春茶居，男人终于对包子满意，可又说为什么要做早饭，又说为什么要快递，又说为什么把一件普通的事情搞得这么复杂，而且，为什么要天天做饭呢？又会在下午四点突然来电话说有同事来家里吃饭，你赶紧做起来，又说这有什么来不及的，我这是给你展示的机会啊。

责备不止这些，比如在沙发上坐皱了他的衣服，待在家里怎么那么宅？出去怎么又化了比较重的妆？不打扮的话，怎么又那么随意？打扮一下，怎么胸口开得那么低?

如果没有读过书，也就没法想到蚊子血。而被当成蚊子血的，真是他妈的好容易就把对方爱成一颗很难消去的朱砂痣。

之后的故事更加狗血了，事实上，陷入爱中的人常丧失直觉，分手后才顿悟：当时我怎么没发现。比如分手当日他出差，而后她手机上出现了陌生号码，一个女孩在电话里说我姓甚名谁，和你的他有什么关系。

她淡定处理完了女孩，像见惯阵仗的大太太面对几房姨太太，要长幼有序，要目不斜视，要彬彬有礼，内心又不禁狂躁。那一刻，她似乎终于明白，枯萎了的爱像被倒掉的包子，终难收拾。

她像做了一场噩梦醒过来，出了很多汗，无力握拳，陷入了一种茫然中。这个城市和那个城市，都不能给她足够的存在感，出现在生活中的追求者，似乎可以聊天，却又无话可说。

我们坐在一起吃饭，我说你千万别当自己是个失败者，她摇头叹气，说："怎么不是，我认栽了，愿赌服输。"她说她切断了和对方的联系。我同意，对方现在偶尔和她联络，也只是希望自己善后合理以显得有情有义罢了。

只是他不懂得，与爱过又分手的人谈情意，真是毫无意义。我不知道她是不是还会遇到一个人，能殚精竭虑地去为他买包子，大太阳下骑车走过北京几条不熟悉的街道，正午的阳光穿过梧桐树叶，偶尔没有阴凉，她的影子显得那么细瘦。也不能否认一开始“原来你也在这里”，也不能否认“到最后终于枯萎了”，爱过了，就是过了。所以说，一开始都想倾城，城很多年可以不变，只是人容易腻，才有拆拆拆，迁迁迁。

# Part 4

## 实用派
## 技 术 指 南

## 论男人犯错后的吵架结构

当你的男人犯了错误，你该怎么办？

这当然要看你是否还想原谅他。所以，今天，我来试图揭穿男人犯错后的种种表现，这样简直有投敌卖国之嫌。我以亲身经历告诉你，这些手法，可以不用戳破，但要学会鉴别，并行之有效地进行新一轮次的原谅，确保胜利，嗯，不用鞠躬致谢了，开始。

男人一旦犯错，他们的解决方案乏善可陈。

第一步，假装示弱。代表语言是，就算我错了，行了吧。只是男人们不知道，这一步一般都会引发女人更大的怒火，她们将会大哭起来或者摔那些比较便宜的东西。且，她们将哭的所有原因合并同类项，归结为：我怎么这么可怜，以及，什么叫就算你错了！

这时候，男人就要出动自己的第二轮攻击，确切地说，是以守为攻。他们也是天生的演技派，不当着其他人的时候也很容易尔康上身。他们紧锁眉头，捂住胸口，开始第二步，那就是：更加示弱，代表行为是突然心口疼，落泪，也很难过，对你受的伤害表示感同身受，就像你的难过是由另外一个人造成的一样。他们将在此步骤诚恳地道歉，虽然他们心里可能在想：哦，真是很麻烦啊。

进行到这一步的时候，部分女人会止住哭泣，沉醉于那些饱含感情和歉意的句子中，甚至会为之感动，并在这些道歉里完成一次情感梳理。部分女性会有一种事已至此，见好就收的胜利感。但，更有大部分的女性燃起"早知如此何必当初"的怒火，看见对方示弱简直让她们又有了新一轮攻击的欲望，于是，她们擦掉眼泪，开始探究各种细节，中心思想为：我如此对你，你为什么要这样对我？

男人和女人来自不同的星球吗？当然不是，他们只是不容易站在同样的立场上看待问题罢了。这个时候，已经低到尘土里并试图开出花来的男人，将愤然开始自尊的保卫战，全然忘掉了自己已是戴罪之身。他们在这一刻突然有了破罐子破摔的玩命感，让好死不如赖活着见鬼去吧。第三步，他们要发作了，于是，他们青筋暴露地大喝一声：有完没完啊！

一部分女性将在此刻停止唠唠叨叨。她们震惊了，刘海儿微微颤动，大颗的泪水在她们眼眶里打转。她们内心的琼瑶女主角立刻站了起来，默默地摇头，缓缓流下泪水，她们觉得自己的心碎了，不能再爱了。于是“嘤嘤嘤”地哭出来，怒吼像一阵飓风，席卷走了她们最后一点儿留恋。除了哭之外，她们甚至开始想带走柜子里哪件衣服，以及要去哪里并且怎么与面前的这个王八蛋清算，但暂时她们被震慑住了，只好“嘤嘤嘤”地哭下去。

当然，没被吓倒的女性这个时候会被激发出战神的能量，她们以同样的声量喊出：没完，没完，没完！这，立刻赢了此局，她们继而摔掉一些更贵的东西，这样的效应如同在空巷里遭遇歹徒时的高分贝尖叫，很容易将对面的男人爆头，让他们陷入“邻居听到了可怎么办”的尴尬当中。关于要脸这事儿，男人总是更在意一些，女人的尖叫会让他们有家丑被昭示天下的羞耻感，于是部分男人被震慑住了。他们，是的，他们突然又转换了频道，陷入了第四步：再度求饶，再度示好！这样的突变常发生在女人声嘶力竭的尖叫之后，情势的转化让女人也有些不安，这个王八蛋到底是吃错药了还是怎样？为什么突然由大狗熊变成小泰迪，楚楚可怜起来？他们的攻心术在这一刻发挥了效力，他们将以更小的声量、更为难的表情再度分析自己犯错的原因，因为声音过小了，女人只好停止哭泣，并且身体前倾。这个时候，有的男人，会突然把女人揽过来，对，他们要在这个机会里抢到致命的一分，他们要抱头痛哭了！

而后，一部分女人试图推开对方，可浑蛋怎么越抱越紧呢？女人就疯狂地捶打他，边捶打边哭，可实在无法挣脱，刚才的委屈不甘心与难过的情绪一拥而上，她们终于挣脱不开，被男人拥在了怀中，她们的泪水弄湿了他的肩头，小小的身躯不停颤动。男人在肩头松了一口气，他们控制住了局面，而后，他喃喃如同自语，他说："对不起，对不起，是我不对。"

而，他们的内心想法是：哎哟，终于搞定了。

基本上，这时候，大部分女人已经放弃了挣扎，原谅的局面即将达成。是的，四步，基本上一个被巨大事实伤害的女人会被控制，并可以将伤害减少到最低。

当然，也有一些极品男人会在这个步骤使用自抽耳光、下跪、假装剁掉手指等极端行为，但殊途同归，他们最终都赢得了这部分女人的原谅。

另一部分，也是少有的不准备原谅对方的女人，此刻她们的心已经硬成被晒干的粽子叶或者风干的腊猪肉。她们硬邦邦地站起身，默默地收拾东西，不再看他，不再和他有任何交流。他想拉住她的时候，她就甩开手，也不使劲儿挣脱。不说话甩手和哭着甩手有两种不同的内心世界体现，一种是心灰意冷，一种是你赶紧抱住我啊。

此时，一部分男人会选择有骨气地摔门而去，他们说：我走！然后， 特别尿地去找哥们儿喝酒想办法；另一部分则是很操蛋的，默默看着她们出门，而后关上门，打开冰箱，拿出酒，喝起来。

还有一部分，追到了门口，跟女的拉扯，而后，重复以上五步，大部分以女人拉着箱子独自离开为结局，因为，她们爱尖叫，而男人，最怕尖叫。

好吧，男人犯错后的吵架结构就是这样的，至于你想在哪一步解决问题，就看你怎么收手了。我的建议是，要想明白，这件事是否触及底线，是否真的不可原谅，定好这个之后，就会较少陷入吵到崩溃，发生不必要的分手，剩下的只是形式问题。

开始的开始，我们都用让对方高兴的方式证明自己正在爱；后来的后来，我们都用让对方难过的方式证明自己正在被爱。

大家都是成年人了，什么事儿还不得摸索出个规律啊。

## 死个明白

我认识一个情感写手朋友，有一天毫无征兆地发了一条微博，他说自己年轻的时候，谈了一场距离跨越半个北京的恋爱，而后那个人病了，他决定给对方送饭送药，却被各种阻拦。他刨根问底，终于得到了答案：我觉得我们还没到这个份儿上。他写道：爱情，就在那个时候消失了。

然后，我陷入一种不大不小、正好接近愤怒的伤感中，就像自己亲自经历了那些准备、犹豫、不安、期盼和被拒绝的过程，要愤然将饭盒和药片摔到对方脸上。可每个有过类似经验的㞞货，大概都会默默难受一阵儿，然后决定放手。

大部分放手，其实都是不得不放。可，我也由衷地替他高兴，这死得多明白啊。大多即将放手的人，都做过一连串的思考。比如，为什么他跟别人总是有说有笑，唯独对我面无表情？为什么他能各种微信、短信、私信，却不能跟我说一句在哪里？为什么他总是各种安排，我却永远被排在最后一个？这到底是一种自然表现还是一种习惯性的忽视？这到底是爱还是不爱？以上的消耗堪称伤筋动骨，替别人回答自己的问题，无异于剖腹自尽。所以，我的建议是，把问题问出去吧。

刨根问底是多么优秀的品质，只有害怕结果的人才不忍让结果浮出水面，大部分结局很难看的爱情，都是一边疑问重重，一边却暧昧不清。爱的那个费尽九牛二虎之力，很多人最后也没有勇气问出“你到底是怎么想的”，很多人更没有勇气回答出“我们还没到那个份儿上”。感情一经历生活，必受侵占，不再纯粹。所以，那位情感写手的恋人看起来残忍且欠揍，实际上多准确，多值得歌颂。

谢谢你们啊，那些在没那么爱的时候就能大胆承认的人；那些在另有新欢之后，勇于提出分手的人；那些在不爱之后，袒露自己真实想法的人；你们认真准确的一枪，可真是帮了那些爱你们爱得满脸问号的人的大忙了。

一枪毙命好过凌迟处死，好的爱情，真的是少有疑问。

而后，就不要在人家说完之后回嘴争辩了吧，非要表达“其实我们到那个份儿上了！不信我举例子给你看”，这多不堪啊！带着疼，转身走吧，像接受一件正常的礼物一样，最好的处理方式无非是打开疑问，而后点头说：“谢谢你。”

这很难做到，我知道，可也没办法，死得难看比死本身难看多了。

你还是会想起这个一枪干掉你的人，就像我这位情感写手朋友一样， 他多次提到那个一枪干掉他的人，竟也有各种美好。想起的情境无非是下雨了，下雪了，在海边了，走过一个曾是空地现在建好了的购物中心，端起一碗泡面时喝下第一口汤。

你也这样干掉过别人，也是一枪毙命，为什么老想着自己被毙的时候呢？笨蛋，毙人多爽，被毙多疼啊。

没有最好的选择，只有适当的选择。

想来我曾也如你般纠结，并终与时间和解

## 分手后报复指南

若你有一天被人所负，你要用什么方式报复？“我以为我会暴富，可是我没有”，变成有钱人或许是个不错的方法，但这太难了。那就找一个更好的，但事实上，很多人即便找到更好的，也会觉得失去的那个更好，这就是残酷人生，没爱够的都放……不……下。

我认识的女人们大多不够狠，所以情场上她们常战常输，也没有撒泼打滚滚楼梯的执着精神。总是在受到伤害的时候，她们都甩开膀子，咔咔离开，而后找个没人的地儿大哭一场。

这天菩萨小姐要玩华丽逆袭，她常年资助各种大龄男青年，在他们郁郁不得志时期，手持净瓶，柔情点化，常泛出阵阵母性光辉，让人不敢逼视。各种前男友包括某大型广告公司老板都曾受她恩惠，殊途同归的是这些男人在恢复精气神之后都离她而去，欠着她的钱，还都没打借条，菩萨小姐遂得笔名，菩萨。

菩萨小姐听了几百遍《般若波罗蜜多心经》也未得到转运，此次狠下心来要和一个负心汉摊牌，她决定在高速路上解决问题。当然，菩萨小姐不是想在高速行驶中突然拧下方向盘与他同归于尽，她买了副手铐，准备在车行上高速之后，把他铐在车上追问他一个问题，就是到底要不要结婚。

菩萨小姐在认识王八蛋先生的几年间接触了城乡结合部的所有违法犯罪行为，她作为一个高智商、高学历、高薪水的“三高”女性，怎样一步步堕落自至购买手铐，全拜王八蛋先生所赐。

王八蛋先生看起来没那么王八蛋，甚至显得目光炯炯、老成持重，他工作时沉默缓慢，井井有条，大概那是他最闪光的时刻。菩萨小姐爱上了他，可他已经结婚，还有一个儿子，当然这个事情之前是瞒着我的。后来， 菩萨小姐大冬天竟然买了短袖 T 恤要去三亚游泳，我端详了一下觉得蹊跷又联系了一下王八蛋先生的行程，我就说：“我知道是谁跟你去。”菩萨小姐说：“别瞎猜了。”

而后，我的手机收到了一条来自菩萨小姐的短信，她大意失荆州让我觉得后来她的屡屡上当不是偶然。她在短信里说：“完蛋了，丁丁张知道我们的事儿了。”

这件事儿后来成了菩萨小姐的年度笑话，而她和王八蛋先生情事的急转直下也从他们搞定彼此开始。王八蛋先生在一年之后突然转了性子，他好高骛远再也不是脚踏实地的模样，他边赋闲在家边搞各种不靠谱的项目，大多灰飞烟灭。灰飞烟灭的还包括他和菩萨小姐的感情，水滴石穿让菩萨小姐的忍耐到了极限，她没法放弃他也没法爱他，于是想买副手铐，讨个说法。

她托了三个人几经周转才搞到了那副手铐，这丰富了她和非法分子讨价还价的经验，也让之前的办假证、刻假章的经历显得异常小儿科。她拉着某个同事穿过城乡结合部一块破败的荒地，和一个中年退役警察（据说是被开除的）完成了交易，她拿着找回的二十块钱，心扑通扑通地跳动，突然觉得自己是个警花。

车行到高速公路的时候，警花的手在颤动，她坐在副驾驶的座位上，手放在包里沁出了汗。说时迟那时快她就把手铐掏出来，“啪”的一下将王八蛋先生的手铐在了方向盘上。事情进展得太顺利以至于她险些狞笑一下，她调整了一下表情让王八蛋先生把车靠了边儿，然后摇下车窗把手铐钥匙“唰”的一下扔了出去。王八蛋先生看着她一时还没有回过味儿来， 她以胜利者的姿态说：“有什么办法赶紧想，我们的事情今天要有个了断。”

王八蛋先生摇了摇头，显然觉得游戏有点儿无聊，他挣脱了一下手铐， 也不慌乱，而后他就用另一只手，拔下了车钥匙。菩萨小姐定睛看着他，王八蛋先生取下了车钥匙，他的车钥匙上竟然有一个小钥匙，那是菩萨小姐一直认为的装饰品。这个时候，她五雷轰顶，这钥匙怎么和刚才她扔出去的那把，那么像？

颤抖吧，是的，作为王八蛋先生饰品的，竟然是一副手铐的钥匙！

第二个惊叹在于，那钥匙竟然能解开铐住他的手铐！

菩萨小姐觉得自己不配做猴子的救兵，短暂的眩晕之后她暂时认命，并想发帖谴责国家对待犯罪嫌疑人太不严谨了，作为特种行业手铐的质量体系到底是谁在管理，谁在认证。

事情当然就这样不了了之了，王八蛋先生甚至宽容地认为菩萨小姐这样突然袭击不算什么。一个拿手铐钥匙做装饰品的人，我想，他应该足够坚韧。

我听到了另外一次漂亮的逆袭，可惜受害者又是我的好朋友。他和前任分手之后，开始了各种旅行恢复身心，重建心灵家园。对方的歇斯底里让他精疲力竭，一段时间后他报了培训班，飞往温哥华准备换个土壤重新开始，他急匆匆到达北京时还没来得及擦汗，就被地勤通知：往返机票已被取消，而且放弃退款。

这消息简直要让他撞死在行李箱上，在他大闹机场之前，他突然冒出了一身冷汗，他打电话给前任，是的，一切都和令他冒出冷汗的想法如出一辙，对方坦承犯罪事实的同时还报以两声长笑，突然字正腔圆地说："在我痛苦难过不安时，你却风生水起，开心地四处旅行，我要你把我这些日子所经受的种种，一并还给我。"他汗津津地办理完手续，走进机舱时觉得背后一股森然寒意，他甚至四处找了找舱内有没有可疑人员，并神经质地检查了一下安全带是否牢固，前任带给他的震撼是只有爱过你的人才可以对你如影随形，难以瞬间遗忘和清除。每一次颠簸都似前爱袭来，这万里高空长途飞行，并不轻松。

如何将刻骨恨意付诸行动并一举成功，我没有更多案例可供参考，只是突然觉得分开之后或者分开之前，这些不愉快的部分让爱情的结果面目可憎，哪有最毒，只是在你在乎的事情上，狠狠踩一脚罢了。

可这些不伤及身体发肤的报复，何尝又不是一种强烈的爱。

## 不要在爱人面前放屁

同居是一件危险的事情。《泰坦尼克号》再度上映之后，长大的我重新看过，我想，对爱最人的折磨倒不是突然咣当一声死了，是好好地细碎地活着。

时间对爱确实是一种消磨。有一天，一个朋友跟我讲，生活大概就是屎尿屁混杂着的，所以，要珍惜那个和你生活在一起，并且你能当着他面放屁的人。说这话的朋友娇艳欲滴，很美。

一个美人放屁和一个美人说粗话同样粗俗，但，放屁显然更难让人忍受。后来，美人分手了，我替她惴惴不安，不知道她的那些美丽照片和放过的屁，交相辉映在她前男友的脑海中，是何种画面。

不要在爱人面前放屁啊，即便放了，也不要那么勇于承认啊！

所以我说，在爱里，还是要拘住百分之二十五，至于为什么要切分成百分之二十五，我也说不太清楚。我只觉得，一个人和另一个人，最大的交集也不过如此，再多，就太多了，过分重叠会让人丧失自我，不如留些余地。一个姐姐以过来人的口气跟我说过：太对了，除了自己，都是外人。

这样说实在太过揭穿，可明明身边有太多爱侣，生活中的细碎，在分手时候被当作呈堂证供。比如肉如何松，跑步如何老人态，酣睡口水又如何流成何种形状，那真的是戳得人欲仙欲死，欲辨已忘言的混账话啊。可， 它们就是你交出底牌的代价。

每个人都是孤单的星球，可以彼此映照，却也都留有灰暗。灰暗那部分，是独属于你的，不可交出的那部分，比如屁、屎、尿、经血，它们是你生而为人的证据，却也真正不用和别人分享。而所谓远近亲疏，还真不是亲到没有交叠的，我的态度是，除了做爱之外，其他的体内物质都不可在生活常态下交换，尤其是以笑谈的方式。

很多人吃了过于放松的亏，而爱情的可气也就在于它说来就来，随即可以说走就走。一个朋友爱上了一个中年人，他们一起生活了几个月，有时候一起看电影，有时候一起回家做饭，日子安逸起来了。只是有一天，她突然发现中年人的各种情态，比如穿着内裤在厨房里炒菜，汗水从他层层叠叠的脖子上流下来；比如他用过的厕纸暴露在垃圾筐里；这些相较于之前他给她的光亮，突然如此堕入尘间烟火，她也不得不承认，这些发现是由生活细碎衍生的。可即便在爱的基础上，也无法让她直视，更何况，她是一个坚持在厕所换衣服，家居服也要熨过的人。而后，她和中年人平静地分了手，很多人都觉得她的理由很扯，我也不理解，我说就是不爱了吧。她说："他太放松了，在我还没有放松的时候。"

这是个极端例子，很难推而广之。大部分反对的声音是说，我不能在我爱的人面前放松，还能在哪里放松？我同意，但放松不等于放纵，不等于没有禁忌，不等于真的视对方如无物。

沉溺在爱里的人往往不自知，或者说在对方爱自己的前提下，他们早已拉掉了最后一根警戒线。这样放松的危险在于，你根本不知道对方是否同步，也不知道自己的这些放松行为被对方如何理解。他是爱你就该爱真实的你，可，真实的你，和刚认识时的你，差别总不能太大。

还有一种，在爱人面前变懒，这也是一种放松。这种放松，在两人的生活环境中后患无穷，所以，你要常到小区里走走，那些大字报写着：维护环境，人人有责。

家居生活带来的戾气，是可以让"泰坦尼克"号沉没的，不管你是否——"我心依旧"。

然后有人问我，何时何地才可放纵，还逼我给出三个答案，我只好回答。这三个答案分别是：自己在家，自己在家，自己在家。

友情提醒，同居密爱危险动作：

1. 放屁且扬扬得意；2. 懒、脏，且执着于此。

## 礼物不当可能被甩

再没有比金牛座更不要脸的星座了。

金牛座在这个时候该骂我了，可，我就是金牛座。所以，我自我检讨不行吗？如果你拥有一个金牛座的好朋友，那真是上辈子修来的福气，再没有比金牛座更直接、更准确、更磨叽、更好打发的了。

因为我们真的很物质，但凡物质的，都好打发，要各种情绪的，才是最可怕的不败恋人啊。

正值我 34 岁大寿之日，今天我们来说说收礼。

送礼是一件让人为难的事情，至少对我来说。似乎在之前茫茫的岁月中，我很少收到自己特别喜欢的礼物，倒也不是好友们不用心，有的就是用心太过，让你不得不假笑着收下礼物，脸僵着想：我在你眼中原来是用这个牌子的人啊！

这就是交友不慎的代价，但也只有最好的朋友或者爱人，才可以这样肆无忌惮地撒个成年娇吧。我见过最狗血的送礼，是一个朋友送给另一个朋友的全身体检卡，美其名曰“绿色生日、健康生日、有机生日”，结果被送者次日拿着体检卡去体检，查出了胆囊息肉，这真是让人哭笑不得，肝肠寸断，用一句北京话说就是：这是怎么话儿说的。

当然，有人送礼喜欢送惊喜，比如北京著名的小丑送花，我真的见过，当真是一个极丑的小丑，化了小丑妆反而显得好看一些，但真的很脏，北京风沙大，又热，小丑捧着花，妆也花了。两朵花出现在办公室，油津津的，看起来分外辛苦，收礼物的同事被小丑拉到前台站着，引来数人围观，同事可怜地说：能不互动吗？小丑摇手说：“不行。”大概他是要玩全套儿的意思，突然间要在无伴奏的情况下表演一段魔术，比如什么“小红球不见了，到底在哪个手里之类”的，那同事脸上三条黑线，尴尬地看着围观同事，心里念头如下：记住他们的脸，然后一个个除掉他们，不走漏半点儿风声，你们小丑界不知道我们是看春晚长大的吗？你还近景魔术。

魔术终于结束，刘谦，不，小丑捧出一束奇丑无比的花，同事羞答答地抓起来，转身气急败坏地走了。小丑耸了下肩，俏皮地下楼去送下一家了，黄色的小丑服黏糊糊地贴在背后。

姑娘应该会想和送礼的人分手吧，而深爱她的那位，大概想破头皮也想不出，示爱不当会有风险，惊喜有时会很丢脸吧。

我也曾上下求索，可想想也没有送出过一件礼物深得人心，甚至负面地认为，好友也肯定曾僵着脸，心里暗暗对我握拳，并将我的礼物用重锤砸碎，再放火烧了，火光映着他们的脸，他们狂笑。所以 30 岁之后，我再也不揣度猜测，直接追问收礼人的真实想法。而当自己生日，搬家，恋情更迭，但凡需要有仪式感的种种时刻，我都大大方方提出需求，拖布、靠垫、茶杯、茶壶一应俱全，这是多么实用主义和准确的满足及被满足，坐在大家帮着置办的家里，我，好，满，足。

日后，我也遭到过复仇式的生日掠夺，比如高富胖小姐生日就让我送她一台豆浆机，我立刻就答应了。因为在寻常生活中，想到一个自己缺乏而对方可以满足的物品，实在是很费劲。

当然，恋人之间还是要制造惊喜的。事实上是，大部分姑娘其实并没有那么爱花儿，并且有少部分的姑娘对这种虚张声势、咋咋呼呼的爱深恶痛绝。她们拿着花上街的时候，花儿这种有香味的装饰品会让她们抓狂，会让她们有一种“我怎么这么俗气”的错觉。所以，花也要慎送，它美则美矣，但真的很容易凋零，无处安放。

其实，在她爱你的情况下，你送她什么都差不多。电影里说可以送对方易拉罐拉环，当然没有姑娘愿意真收着，可那也证明了即便是寻常物品，被你加持过，对方也会心心念念。而不爱你的情况下，你送什么其实都不那么有效，这个时候，对对方来说，当然价值越高越好了，可对于你，还是价值越少越好，因为基本上，很难改变什么。

《失恋33天》里，富二代讲了自己对待物质女人的理论，他认为用占据自己资产不多的钱，来满足物质女人较为准确的情感需求以达到某种交换，这是一种非常合算的交易。

所以，让他去死吧。即便这话听起来真是让人透心凉，可还是有很多人在身体力行。我在此强调下，篇首提到的金牛座的物质，和此类物质不是同一种物质，我们的物质，是一种像对待真情实感一样对待心爱的人，并期待他礼物的物质。

另一些物质的人不在我们的讨论范围之内，我们只说有爱的人，其实送什么都好。当然，礼物精准的话，就是好上加好。

## 分手当自强

你上一次分手是在什么地方？用什么方式？

道格先生上一次分手是在北京的某条街，在车里。他刚和前任吃了一顿热火朝天的火锅，在此之前，道格先生在微博上发了一条：刚才最后一想，是北京时间九点零五分。

当然，那不是最后一想。

对于分手，我的态度是，可以分，但只能分一次，绝不能轻易提，这是我在每段恋爱中的高压线。作为能把炸药包温水送服的金牛座，分手是一次宇宙重组、系统再建，既劳民伤财，又伤筋动骨的工程。

那时天刚转暖，道格先生启动车之后说：“我们分手吧。”前任说：“好。”

然后是双方沉默，以至于道格先生回忆起来，那段沉默超级长。然后，他把车停在路边，说：“我们待一会儿吧。”其实他知道，一切都是徒劳。你需要知道的是，当你说分手，对方说好，这已然标志着一段关系走到了尽头，且达成了共识，如同终止协议，双方签字画押。

道格先生应该是把分手仪式化了，他认为，开篇之后应该有一些交代、一些情绪、一些不舍得，如同遗体告别会做最后的瞻仰，可这些除了日后可以用来验证曾经为此伤心的人，毫无价值。真正的分手仪式，其实就是：分手，好吧。

可他还是停下了车，如同在等待一句什么。道格先生默默地抽烟，风把烟的味道打乱了，还是巨大的沉默，两个人像被一块东西盖住了。

他抽了三根烟，似乎要烧掉这沉默，但前任什么都没有说。而后，他掐掉烟说：“走吧，我送你回去。”

车在北三环上缓缓地开着，道格先生觉得有点儿难过，这好像灵车啊，尤其是速度和那种臊眉耷眼的状态。眼前这条走过很多遍的路忽然觉得极其陌生，到了前任小区的时候，声音突然轰响起来，它们并列着呈现，不互相侵扰，并被放大了无数倍。比如三环的车流，洒水车的水喷过地面，轮胎轧过一根干枯的树枝，隔离带被车轧出的一声闷响。

到楼下的时候，道格先生承认他非常难过，他看着无数次停过的地方，说：“你到了，下车吧。”前任静静地坐着，而后，发狠似的打开车门，再关上，没有停留，转身走了。

道格先生的泪水夺眶而出，那种感觉就像在火车站送别一个很亲近的人，但你永远再不会收到她到达的消息了，很空洞。

他待了大概三分钟，然后默默离开了那个小区。

在他微博的草稿箱里，存着一封没发出去的分手信，内容如下：谢谢你陪我走过这个漫长的冬天，感谢我们一起走过。只是那时，我还浑然不觉可能会有一天分开，但我也只好和你道别，像把该在哪里的东西，还到哪里去。与你分开，像是一种归还，把你还给你，把我留给我自己，回到当初的模样。我会难过一阵子，但也是应该的，我也不想给你太多的祝福，各自安好，再见。

现在看来，这封信有些矫情，最后这封信没有发出去，大概一是太过悲凉，二是似有挽留意味。他不同意自己在做出分手决定后，仍留有苟延残喘的欲念，如果一封信可以挽留一个人的话，就不用分手信了，何况，这还是短信。

所以，我常在朋友们提分手的时候让他们想清楚，这不该是一个可逆的行为，再美好，也已经过去了，所以我选择离开，走得远远的，尽量看不见。有一天，我一个人开车在路上，突然想起那个人，内心有些难过，然后我突然哼了一首歌：如果你离开，就走得足够远，远到我再怎么用力看，也看不见。

如果你是一个人的包袱，就不该再常常出现在他的面前；如果一个人是你的包袱，那就把包袱放到足够远的地方。

我的分手步骤帖：

1. 和一个恋人只分手一次；

2. 分手务必简单，并告之原因，该加冕加冕，该追认为烈士追认为烈士；

3. 分手后不再联系，不再开棺验尸；

4. 分手后如再纠缠，不再理会；

5. 如果对方寻死，就参看第4条。

我的被分手步骤帖：

1. 很难过是肯定的，但要给自己定期限，最长不超过七天；

2. 不要追问，以官方理由为准；

3. 不要纠缠，因为纠缠会让对方很烦，且得到回复的可能性极小；

4. 不要死，不值得。

## 不要成为别人的麻烦

如果爱带给人的是一种极致的愉悦体验，我们把这种体验定成满分为 100 分的 90 分。我们再来看分手。简单来说，分手就是，因爱获得的那些愉悦无法抵消因爱带来的麻烦，那这个麻烦，一定大于 90 分，这得是多大的一个麻烦啊。

朋友最近遭遇了一个难处，我们就叫她难处小姐吧。难处小姐和男友相处了两年，中间因男人花心玩过一次分手，后又复合，复合之后还算相濡以沫。再度相爱之后，难处小姐自然看得更紧一些，有时不免不安地追问我，比如：他到底爱不爱我啊？爱我的话，为什么他总是这样对我？

这夜，她又打来电话求助，还发出状况题让我解答：假期之后，两人已经五日没见面，男友工作又忙，外公又急病住院，男友陪完外公再回家陪外婆，后又有工作处理。难处小姐的问题是：“我也知道他忙，可我家和他外婆家只隔两条街，为什么他就不能花五分钟见我一面呢？”

在爱里，大多难处都是自己找的。难处小姐找得最棒，在爱里用“我难道还不如……”的句式最容易达到自取其辱的效果，我难道还不如外公外婆吗？我难道还不如工作吗？残酷的是，在你没病没灾的情况之下，答案是：不如。

至于为什么不能抽五分钟出来见你一面，简直只配面无表情地告诉你，就是不能。不仅不能，而且，我严肃地告诉她，难处小姐，你已经成为爱人的麻烦了，这是非常危险的。女人需要恐吓，在爱里纠结的女人更需要。我说你成为麻烦的原因是：一、外公病了，外婆需要照顾，是不是很麻烦？二、这样麻烦的情况下，需要处理工作以应付明日的各种考核，是不是很麻烦？三、在以上的麻烦之后，还需要应对你的需求，排除这些麻烦去见你，是不是很麻烦？

她说：“是。”

我说：“可怕之处就在于此，前两个麻烦是必须应对的，是不能不面对的。唯有你，在这两个麻烦之外显得多突出、多无事生非、多出类拔萃啊！”

这简直是个残酷的证明题。我们常常在爱里执着，又因爱之名而骄纵。我也犯过这样的错，就是常问“为什么不能……”且常一厢情愿将结果推到“他不够爱我”这样的情境下。我们很善于制造麻烦，让对方解决以证明对方是我们的，并在一次次被解决后很欣慰地鸣金收兵、得胜回朝，这简直是一种爱的行劫。要知道，即便是没有其他问题的情况下，我们爱的人，也有不想见我们的权利，并且无须解释。

但大多数爱人不敢使用“我不想见你”的权利，因为这权利带来的麻烦将让他们鼻青脸肿，生不如死。爱也在这样掠夺侵占和恣意妄为中逐步消解，变了味道，直到有一天，麻烦大于快乐，别人会说：“算了吧。”

与每日不断的麻烦比起来，还是不爱，走远点儿更舒心吧。“我突然意识到，我曾经多么难为你。”在为难处小姐解决难处的过程中，我突然释然了我的前任，并为我曾经是一个麻烦而感到羞愧，更为我们的爱毁于这些细碎事情而感到由衷地遗憾。这就像我突然发现，我一直不能放下的那个被定义为对方摔碎的花瓶，竟是我摔碎的一样。我隔空拥抱了难处小姐，甚至宽慰她说：“你看你男人多孝顺、多敬业，而你如果不成为让他皱眉的麻烦，或许他能爱你更多一点儿。”要承认，每个人都是对自己最好的人，尤其在爱这件事儿上，附加值永远应该是引人向上，发现美好，接近快乐。谁会为了这点儿蜜糖，天天被蜂蜇呢？麻烦，就是蜂，而且是大黄蜂。

## Lie to me 来骗我

我们能接触到最早关于说谎的故事是狼来了，洋气一点儿的会说自己听的是匹诺曹。长大后，你会发现这两个故事本身就是骗人的，相信童话和寓言是需要一些理想主义和缺心眼精神的，这就是为什么长大之后，这些作品离我们越来越远。

昨天，难得有爱小姐在 MSN 上遇到一个男的，对方说自己失忆了，还挺细节地给她讲了自己的爱情故事。于是，她感叹说，自己终于遇到一个失忆的活人。我觉得她一准是受骗了，谁见过失忆的人脑子和嘴都这么好使且还是活的。我说难得有爱小姐，连失忆你都信，可见你是主动被骗的。

难得有爱小姐是个勇于自查的人，她说倘若对方骗得好，骗得妙，骗得老姑娘哈哈笑，那简直就是一件慈善的事儿了。这当然是她自嘲的话，我若真的附和并诚心地说她就是老姑娘，她一定立刻在 MSN 上骂我，说不定还会冒雨打车过来抽我。

被骗这件事儿，其实和年龄性别并无关系，抛开专门骗人谋生的“老千界”不谈，其实我们也生活在一个庞大的、由自己和众多帮凶编织的谎言里。这些密实的大小谎话构建出一个拧巴但和谐的小型宇宙，竟然生态平衡。

工作上，我们经常会撒些小谎，但不涉及原则问题的那些谎基本上无伤大雅，比如迟到、早退、病假、工作小失误等。理论上，谎话越少的人工作负责程度越高，成功概率越大，工作关系也越简单。在普通朋友关系中，我们也会说一些谎话，比如突然有紧急工作需要毁约，手机静音没听到电话，忘了回短信因为太晚了等。这被称为善意的小谎，算作掩饰真实生活和人性的保护色。比如，你不能无缘无故说我长得难看，但你可以无缘无故拼了命地夸我有才华，没准儿一些谎言还会让我这一天都很高兴。感情领域的骗与被骗，大多出现于爱情纯度最高和最低时。海誓山盟是全世界人民都爱听到的弥天大谎，如果是你喜欢的人天天跟你说这些，你肯定不会骂他并把他赶走，所以甜蜜时说的、听的即便是谎言，也没人会仔细地把主谓宾整理出来，去提炼和检查。

我曾说过一些海誓山盟，甚至计划过未来，在某个看完电影的晚上，我还对着路灯发过誓，我说我不会再让你哭让你被放弃，后来我着实想兑现这个承诺，但对方显然不愿意，所以，不算我说谎。

我也见过很多在分手后仔细求证当年爱情的人，甚至为此付出几年的代价。这些求证让他们变成了琐碎的、无法面对过去更不愿面对现在的人，我说曾经那些话都不是骗你的，只是过去了。他们却没有释然，过得不好，把真话当成谎言之后，就会否定很多真实的东西，该戒。

骗子出现在爱情即将消失时最伤人，此时的主人公大多不便于或者不想主动毁掉这段感情，或者单纯为了让彼此暂时相处得更舒服而被迫选择说谎，用于博取信任，获得理解，装饰关系，掩盖真相。而后，随着时间推进，谎言像滚雪球一样，越滚越大，直到这个人滚蛋为止。漏洞当然是有的，基本上有多少细节就有多少漏洞，只不过受骗者此时更需要谎言，所以大部分人用成语形容就是自欺欺人。你先信了这个人，后信这人说的所有的话，这也是大多爱情悲剧止于发现真相的原因。我们嘴上说着怕受骗，内心其实怕人说实话，尤其是你和他不对等地面对同一份感情的时候。那天，我和一个大姐谈合作，她的性格被她精准描述了：一个不要任何不受自己掌控的事情发生的女人。会议中，忘了为什么，她斩钉截铁地总结说："说实话的好处在于，永远不用记得跟别人说过什么。"这当然是强势又主动的做法，适用于工作生活，实乃居家旅行必备之精神。

敢于说实话和面对谎言，是我们一辈子要努力的课题，共勉。

# Part 5

## 结 果 才 重 要

## 当我们想吃热豆腐

心急吃不了热豆腐，我奶奶是这么告诉我的。但后来我发现，除了没在吃豆腐的时候被烫死，奶奶的话带给我的意义是，它是如此实用，且具有很强的学术性、指导性，但都被我们在实操过程中忘记了。

最近，我见了一个失散几年的朋友。他依然高大威猛，帅气没被时光打败，我们约在一个茶餐厅见面，互致问候。我这么八卦的人，见面就问他感情生活如何，他说也不知怎么了，他似乎陷入了一个怪圈，所有和他相处的女孩子都跟他说，慢慢来。

说这话的时候，他跟霜打了的茄子似的，像是在真的很着急的情况下被人一棒子打翻在地，我说你是性事所逼吗？他忙否认，说跟别人还都是以礼相待。

我相信，直觉是骗不了人的。人的复杂就在于很多感受难以名状，而“着急”这种感觉，大概是能透过身体发肤、眼神举止各种呈现出来的，尤其是后来，我看他状态，确实是那种 30 岁男人还未找到成功感的急吼吼的感觉。

在爱里，这就会显得非常想攥握住一个人，呈现的状态是目光如炬，身体语言是在咄咄逼人：我好吗？我们能在一起吗？

在没有帅到一定程度的情况下，“着急”的风险是很大的，倘若在这种着急中性意图又不明显，就更吓人了，那是一种庞大乌云般的不明确的“我要”，你说是不是让人很想逃。一个朋友着急小姐爱过一个人，在她的描述中，他们的相遇像白娘子在西湖边邂逅了许仙，在精神层面又异常合拍，像在脸盆里憋了很久突然抬头而出可以顺畅呼吸，像从拥挤燥热的车厢里走到站台上恰巧吹来一股凉风。

可惜凉风有意，却有爱人。这个朋友不免焦躁，急于要一个说法，她杀伐决断，认定爱情里没有先后，只有是否对应的内心。

这道理没错，可却让凉风先生陷入了两难境地，终于下了决断说：“那我们还是慢慢来吧。”当时，那朋友状如贞子扑倒在我怀中说：“算了算了。”凉风先生后来终于有了自由身，却也无法和她在一起。今年我再见着急小姐，她说：“是我太着急，其实那又何必，那些穷尽能量需要得到回复的过程，终于将爱人逼成犯人，将情事整成战事，我们彼此投契，不好的是我。”

后来，我有机会也见到凉风先生，和他聊起这位朋友，他说："那就像要开的花遭遇一场疾风骤雨。你看，凉风先生多浪漫。我也为他们遗憾， 过于心急，就把热豆腐打翻了，谁也吃不成。"

凉风终究是会吹过的，着急小姐日后也渐渐淡定、平静。在这之后的一次恋爱中，她变成了凉风先生那样的人，悠悠地面对着急的追求者说："我们还是慢慢来吧。"

慢慢来，在这样忙叨叨的日子里何其珍贵。虽然在爱火燃起来的时候很难掌控节奏，但至少我们不用那么早表达"我想要什么"，那会像一个饥饿的掠食者，也不要那么多去展现"我能给什么"，这也像是急于完成某种交换以便更猛烈地控制对方，这都容易把对方吓跑了。

那我们应该怎么办呢？想象一下这幅画面吧，你不那么饿，拿着一本你爱看的书，等着锅"扑扑扑"地吐着气，满心欢喜地期待着热豆腐出锅。你不那么饿，很关键。

对方还真不是豆腐，跑起来会很快的。

## 随手的诱惑

这天半夜，我接到了上海一个朋友的电话，那情景让人害怕。电话响了，对面不说话，只是“嘤嘤嘤”地哭，直到我怒吼怎么了，她才止住，说，男朋友帮她手机重装系统，好死不死地，把所有应用也下了，包括微信，她打开微信就看见了男友的记录，全盘呈现了他和另外一个女孩的聊天记录，细节无数。

她交代完情况后，停止了哭泣。我和她在电话里相对无言，我们被现实打败了，尤其是她男友又是那种公认的干净、好看、斯文的香港男，看起来一辈子不会出轨的样子。我无力劝她，这不是铁证如山吗，还一篇篇的图文并茂。

手机就是潘多拉魔盒，一旦打开，就无法合上。

第一代 QQ 用户用 QQ 找到知己并完成相爱生育的，孩子差不多也会用 QQ 了。应用软件如此无孔不入，私信和微信成为短信之后的新型暧昧通道，且只费流量，并可通过Wi-Fi免费完成，让所谓爱情来得如此随手。

其实这也意味着出轨风险变大了。一个想搞点儿新意思的男人，之前只要删干净电话、短信就可以了，而现在，回家之前要删掉短信、通话记录、私信、微信，甚至包括一些暴露行踪的签到痕迹。泡妞成本增加的同时，附带着犯事儿比例也增高了，而像苹果这样的同步功能，太容易酿成大祸，这个被微信扳倒的男人不是第一个，当然也不会是最后一个。

她没有哭闹，只是平静地跟对方谈。语言在被压制的情况下更容易形成威慑力，据说对方痛哭流涕地悔不当初了。一旦一个男人需要被爱人原谅，他们真的可以把自尊什么的撕成碎片，全然忘了当时随手按下发送键是多么轻松简洁。

这就是手机智能化之后的可能性。之前你要进聊天室，熟悉一个账号，用言辞、表情试探对方的态度，再私聊进一步的发展，继而才交换 QQ 号，进行热火朝天的你一言我一语的网恋，最后再交换电话号码，进入短信沟通，互致早安晚安，到约在麦当劳见面的时候，这个过程至少要经过 14 个工作日。而今，只需要下载一个众所周知、心照不宣的软件，就可以通过摇一摇的方式获得与对方的联络，并可以语音、图片甚至唱首情歌给她听，以“你好”开篇到对方说“那你等我吧”下线，只需要短短的半个小时，而后你等着门铃响，之后的事情不言而喻。说不定，她离开的时候，留下的沐浴乳香味儿还在，而你已经通过另外一个软件和另一个人热恋上了。

当然，这是极端的情况，并不是每个人都容易陷入诱惑。我的意思是说，只要你想，你就可以获得，这是和便利店一样的道理，需求创造了提供者，提供者也可能激发本来就没有的需求。是的，一个人不是必须花钱，但如果正好路过彻夜经营的店，进去逛一下也说不定。

我常常怀念并不遥远的20世纪90年代，想起我写信约了一个人周日看早场电影。风微微凉，那是个阴天，我很瘦弱。最终，那个人没有来，我站在电影院门口猜测各种情况，以十五分钟为单位，一点点给自己延时，最后我遗憾地离开了电影院。当日下午我又写了一封信，几周之后，我收到了回信，对方解释说当时家里有点儿急事，所以没有来。我没有再回信，自己去看了电影。

我不是强化不方便带来的美好，只是觉得不方便把爱情的过程拉长了，它带来的猜度、不安、疑问，因为不被立刻确定而显得前途未卜，这是有手机相伴的新一代无法理解的爱情过程，那种等，那种不知道是否被确定的感觉。

我也曾经装过交友软件，在某个喝了酒的周末点开了它，一些大概和我一样的人在上边以距离排序，像坐在街心公园里等待被召唤的人，而后我收到了一条信息，对方问我：寂寞吗？

我立刻下线，并关掉了软件，被问这句话的时候，我脸红心跳。我必须承认我有欲望，但我又不愿意承认解决这些欲望的途径。那句“寂寞吗”像一个钉子、一把刀、一个异常锐利的东西，它挑动了我的好奇，又撕裂了我佯装的外皮，赤裸裸的，我想我还是无法这样说下去。

我也曾在私信里和一些人互动，微博的便利也在于你可以花较长的时间观察一些人，他们的图片、文字、一些转发或者一些心理活动，这些为你提供你是否愿意继续关注甚至走得更近的依据，这显然比在街上搭讪安全很多，而一旦感觉被确认，继续下去也不无可能。甚至，我因此得到了一场恋爱，但后来分开了。好友说，你微博的那部分，未必代表真的你。我同意，其实对方也是。

便利帮助了我们，也让更多的诱惑产生，我说杨过长情，大概是一来他恋母，二来他没有遇到合适的人，三来没有那些陌陌之类的交友应用。我的一个朋友，一恋爱的时候就删掉所有的相关软件，关闭私信，尽量少用微信。他把这当作维护恋爱的方式，是哦，你不懂贼心，但，贼发现你怎么办。

突然，我想起，我的前任在和我恋爱的过程中，一直还保留着这些，不免很生气地想骂出一句脏话。

## 一次选择背后的危险指数

昨天晚上我看到了一条新闻，震惊世界的残肢邮寄案被证实，受害者是中国留学生林某，犯罪嫌疑人马里奥塔身份是色情男星，他把杀害过程记录下来并上传到网站上。

一个好友在微博里连发了三条消息，最后他说：你一定是又轻信了，又为一个拥抱不顾一切了，对吗？你好傻！

我理解此事带给他的震撼，他自然从未想到，自己的这位好友，消失多年后竟然以此种形式、此种画面与他相见。

色情男星、留学生、虐杀、视频记录，这些字眼，构成了受害者的身后事，并随着新闻的传播而被无限放大，比如他的生辰、年龄、身世、性取向，以及当夜是否为一夜情。而他被转发出来的微博内容，竟然有一条他拍摄的地铁画面，4月21日，他写道：午夜食人列车。

这消息令人不忍卒读，可在微博上，更多的官方、非官方账号以各种心态进行着重复发送，并用各种图片进行具有叠加效应的视觉轰炸。无法想象，他是以怎样的心情走向了那个公寓，在脱掉自己衣服的前一秒，他有没有想到下一刻即将面对屠刀。

有些伤害来自于你对世界的好奇，比如燃起的蓝色火焰、看似平静的海水、掩藏在杂草下的陡峭山崖、拥有美丽表皮的动物，比如陌生人奇怪的眼神、暧昧的微笑、扬起的嘴角，他们仿若极限运动，存在就是对现实生活和肉眼凡胎的一种挑战。当然，也可以理解为诱惑，他们的共同特点是：看起来很美，做起来很险。

《理性乐观派》里说："不管是从前还是将来的人们，永永远远都会寻找食物、渴求性爱、照料子女、竞争地位、避免伤痛，这和所有其他动物一样。"

在爱人与选择性关系如此轻易的今天，受害者林某遭遇的当然是最极端的情况。遵照这样的动物性一路往前，我们在追求的过程中不停迎接伤害，受害者林某所面对的伤害可以说是最大的，可在致命的危险发生之前，我们到底是否有能力判断是劫是缘？

一方面，生命在被疯狂伤害时意外脆弱；另一方面，我们在选择一个人的时候，有时比我们选一个馆子还随意。

坏人脸上是不会写着“坏人”二字的，但我们就骄纵地轻信自己的直觉，奔向刺激或者自以为是的温柔陷阱。在冒险这件事儿上，我们有着无尽的精力和勇气。写下这篇的时候，某个专家正在发布自己的观点，她说与家人关系不好、没有亲密朋友和爱人、独来独往、节制又有礼貌是一些变态杀人狂的特征，于是微博上出现了新一轮的讨伐，他们认为这些也不足以证明一个人是危险的。

这些还是值得借鉴的，并非如大家吐槽得那么狗屁，就像我们选择餐厅要上一些点评网站一样，他和他的周边关系都能验证出他的安全指数。爱是让人昏头的、盲目的，而正因为爱的私密性，让我们更难与他人分享，只身赴约的可能性极大。当然我在这里并非探讨这个，我的意思是，即便是一场闪电般的恋爱，也需要经过一些时间的考验，这个时候先慢下来，是对身心安全的一种保障。

电影里的浪漫就是突然的，瞬间迸发的，发乎情也未止乎礼的，让我们相信真的有一见钟情这件事儿。新闻却又把我们拉回现实，让我们知道并不因为我们普通或者从善如流，就真的可以远离灾祸。

如果我们注定还会信错人，爱错人，遭遇到危险，那么尽量多留点儿观察的时间吧。事实上也是，一个真正可以耐住性子等你的人，可能会离欲望远一点儿，离真心稍近一些。

这是最沉重的一篇，我觉得很难写，就是因为，大家都不过是普通人， 上了新闻的他，也是。

## 性瑜伽

很少有女人承认性对自己的重要，尤其是中国女人，她们羞于谈性，或者只是羞于与我谈，她们只在我面前表达对爱人的不满，但不包括性上的，这真不公平！（摔笔抱怨中）张爱玲说通往女人心灵的是阴道，我信，这也是为什么会有女人爱上一夜情的对象，而男的早就忘了。高晓松在新书里写了个故事让我看得有人生茫茫之感。他说有一天他在某个派对上看到了一个妞儿，心生爱慕，晚上带她回家，当然一切水到渠成。完事儿之后，他想说些什么的时候，女的说："你早忘了吧，几年前我们就是在这里，你丫连床单都没有换过。"

女人的记忆力常常显露在爱的细枝末节里，我的一个好友从来不认识路，却能记得男友跟她第一次在哪里，用什么方式做的，她还记得那天的天气和风的速度，旗子飘起的方向以及自己白裙子上油渍的位置。她们真的不需要史官，她们就是自己的史官，除非她们刻意忘记。

她就这样记录着她和男友的爱情故事，以至于我常常认为他们是神仙眷侣，他们平静慵懒、喜气洋洋地生活在我的世界里简直可以拍下来，默默感动中国。可有一天我自曝了一个秘密，她显然被我感动了。于是，她也拿出了一个秘密来和我交换，她说她有个身体伴侣，跟谁都没有说过。我被惊着了，我简直像紫薇一样摇动着她的胳膊，说："你怎么可以酱，怎么可以酱。"

我"三观"都改变了啊，我真是个没有见过世面的人。

她说事情的发展也不是她所能想象的，就是一个普通人普通地出现，普通地和她各种沟通，然后突然有一天在她加班的时候，送来了咖啡，送了就走，话也没说一句。她说："蔫萝卜辣死人，我大概就是碰上了这种类型的狠角色。"那个蔫萝卜先生还在她出差的时候，突然打电话跟她闲聊天，然后她酒店的门铃响了，她说："你等一下，服务员来敲门了。"打开门，看见蔫萝卜先生手里拿着她爱吃的蛋糕，腮上夹着电话，然后，一切都发生了。

妈的，需要揭穿的是，你再瞧不起的破手法，都有可能搞定一个人，你再看不起九百九十九朵玫瑰，真正收到的时候，你的心也一定悄悄地张开了。

可她和男友的关系并无裂痕，我百思不得其解。我以为女人无法同时爱着两个人，她说对蔫萝卜先生并非是爱而是一种身体的需要，就是那种和谐的生理互动，每次见完如同……她没有准确词汇概括的时候，我这个退役记者适时救场，结尾接了个词：瑜伽。

她立刻确认了说：“是，就是瑜伽，就是瑜伽。”

我不是在鼓励偷情，她真的描述了一些正面意义，她说这样固定的有节奏的性爱给她带来了一场身体革命，甚至升华了她和男友的感情甚至是性体验，负罪感和这些隐秘快感让她突然找到了另外一种生存模式。而在恰当的时候，这场瑜伽的互动者双方能够止于此，结束之后，退回各自的正常位置。

事情在慢慢发展，我偶尔会听到这场瑜伽的进展，比如蔫萝卜先生竟突然跳槽到她的集团和她成为正经的同事关系，且两个部门互为依托，有很多利益关系。看着蔫萝卜先生穿衣服的样子，她第一次感到害怕。

她陷入了深深的纠结之中，问我该怎么办。为什么我总在她们需要怎么办的时候出现？（再度摔笔）我觉得每种关系都不可能纯粹，任何身体的接触、体液的交换完成势必带来情感上的牵绊，毕竟我们善于思考并且能将其归咎为某种具有意义的情感体验，于是我骂她贪婪。我说：“你想把关系变得很纯粹，只是希望自己能够轻松一点儿。”

她没有断绝和蔫萝卜先生的关系，甚至她在生日的时候还非常期待蔫萝卜先生给她带来惊喜，可事情一旦被期待就立刻变得灰头土脸。令她难过的是蔫萝卜先生没有寄来大礼包或者搞出什么浪漫的晚餐，而只是打来一个电话说："你要不要礼物啊？"她赌气地说不要，蔫萝卜先生就真的没有下文了。

她就变得更加赌气，但她没好意思说那是因为她觉得蔫萝卜先生不够用心，因为她也知道那是爱人该做的事情。在灵与肉这件事儿上，即便是作为瑜伽主义者，女人也常常容易混淆。所以，风险不在于是否被发现， 而在于，你的心是否受此困扰。

很多人可能难以接受这篇，可它就是作为一个现实存在的。我尊重现实，我也鼓励每个人都尊重现实，唯一的提醒就是，任何现实的缔造者，都要做好为现实埋单的准备。我无法站在道德制高点上看待问题，有的时候，身体瑜伽未尝不是一种良药，但有的时候，也是杀人毒药。

见报告

所谓缘分，不过是用来给自己与另一人亲近找的好理由，它简直是发骚耍贱的大浓妆。

所以，我越来越难相信一见钟情，很多人立刻反对我，拿出杰克和露丝的例子，说他们是在船上，一见钟情了。

是啊，没有杰克，也有斯洛伐克，杰克的出现像一缕清风，正好吹在需要清风的露丝脸上。那时的她恰巧正烦着自己的未婚夫，觉得他满身铜臭气，俗不可耐，连欣赏名画也只是附庸风雅……这真是生动的示范了， 你讨厌一个人时，他做什么都是错的。

而这个时候杰克出现了，我向来不把话说得更好听，对，这样的一见钟情，也只是露丝“现在正好需要”。

我们常受感觉的骗，也否定人的需求其实是一个渐进的过程，在衣食无忧的露丝小姐眼中，杰克年轻好看、风流倜傥，又有一技之长，几乎是带着新鲜原料的浆汁味道，她此时又正好登上去往美国却让她前途未知的大船。哦，杰克，你的出现真是及时、恰当、准确，让我们一见钟情吧。

故事是个老故事，如今回头看出这般况味，我也为自己感到心寒，太多一见钟情而再见不行的故事，也让我对一见钟情这个事儿不敢抱有太大的希望。当然，动物之间的一见钟情还是有的，它们在交配期闻到了彼此的气味，以达到交合沟通。人类的进化把发情期延长到每一天都可以，却也顺带失去了辨别对方的能力，所以，人类只能把爱情交给最不靠谱的感觉。

是的，感觉最不靠谱了，而当我们正好需要相爱的时候，感觉就会告诉我们，新出现的这个人和我们多么搭、多么和谐。我们为什么有那么多共同点？我们为什么有那么多奇妙的擦肩而过的缘分？我们为什么会常常乘坐同样一班地铁？

我们之所以那么相似，是因为我们本来就相似，包括我们都看了今年的春晚；我们之所以有那么多的共同点，是因为我们在刻意寻找相同，夏天的时候我们都热，冬天的时候我们都冷；我们之所以常常坐同一班地铁，不是因为奇妙的缘分，而是因为我们都得打卡啊，浑蛋。

可为什么我遇到的是他而不是别人呢？是啊，别人不是长得丑嘛。

以网络来举例，我们未见到对方的时候，常有和对方一见钟情的感觉，这个时候感觉不仅在欺骗你，甚至顺从地在修饰你想象中的那个对方，为什么你能和他有那么多的对话？是因为你只是在和想象中的他对话而已。

而当你带着“我们一见钟情了”的态度去见他，“见光死”就出现了，被我们感觉美化的那部分迅速消退缩减，他变成一个具体的人，还是你的一见钟情吗？

令你继续绝望的是，之所以“再见不行”的原因是，我们在日渐接触的过程中，逐渐发现与对方的差别，并在对此人感情有所怀疑时会强化这些差别。这也是感觉的另一个不靠谱，就像骗我们很相似一样，也会骗我们有多不相似。

我听过最惊心动魄的一见钟情的故事，是一个外国女人不远万里来到北京，她剃着很酷的光头，第一次来到这个陌生的大城市，又为了某个项目拜访了一家合作公司。她黑衣黑裤悠闲地逛了半个公司，被安排坐在休息室里，有些倦怠，又有些百无聊赖。这个时候，一个保洁阿姨，穿着工服，走到她面前，递给她一个字条，上边写着：“我觉得你很有个性，想认识你，能把你的电话给我吗？”

她不懂中文，将字条拿给中国助理看，小男孩笑得脸都红了，说：“就是有人向你表达好感。”

后来的故事我就真的不知道了。我只是觉得，这真是一种打破年龄、国界、身份的一见钟情，还跨越了种族和性别。我之所以觉得惊心动魄是因为她们根本没有交流，甚至没有对视，为什么那个保洁阿姨会对她有一见钟情的感觉？我无从解释，可以确认的是，感觉真不靠谱。

所以，我相信一见就会有好感，但我不相信一见钟情，除非真的有人论证他们一见之后还相爱了很久。当然也不排除有这样的人，那我很阴谋论地想，是不是他们一直停留在某个阶段，状态恒定，没有进步呢？

感觉会骗我们，一见钟情是个大骗子。

## G 点进行曲

阅读此篇友情提醒：需要你已成年，同时，出场人物未必适合你，理论也未必会真的被你认可。其实，每个揭穿都带有个人色彩，我只是让你看到，有人在过这样的人生。

她坐在我对面，手指翻飞，用了很亮但无色的那种指甲油，眼神像那种跳舞的女孩，对，她是我要让你认识的——不，见识的，好色小姐。

好色小姐腿很直很美，她当然知道自己的优势，赤脚穿着一双黑色的鞋，更衬得皮肤白嫩，还有齐臀的小短裤，还是她的风格，即便我们坐在空调很低的皇后饼店里。

“美国、日本、韩国、英国、匈牙利、德国、坦桑尼亚……”这不是她去过的国家，是她做过的爱，和爱过的人。

是的，这就是好色小姐，一个英文很好的时装编辑。

大二的时候，她认识了一个人，那个人在上海，她在武汉。然后她就飞到上海去找他，对方在一个神秘的行业，据说有军队背景，那是她的第三任男友。第一个是当地的小混混，第二个是荷兰人，第三个就是这个，用她的话说，那个人简直毁了她好色的一世英名。第三任不好看，她的好友刻薄，看到了第三任先生的照片后，说：“他的眼睛真像是别人捐给他的，而且来自两个人。”

讲这个的时候，她大声地笑，惊动四座。笑完，她就忘了自己讲到哪里了，就像个通告艺人一样，说：“对(在我根本没有问“对不对”的情况下，让话题得以继续)，对，我就是这样只身一人去找他，当天就接吻了，他长得一般，身材很好，吻下来的时候，真的特别棒，就是，你知道吗？ 我们的唾液因子都是和谐的。”

我不知道……这当然没有任何科学根据，唯一可查的说法是人与人的吸引力来自气味，但她并不这么理解。她每次谈到爱，都只描述对方的接吻技巧、性能力、身体。所以她选择讲第三任先生，她眼睛快速地忽闪了几下，说：“他跟我，是最和谐的。”

于是，她决定留了下来。利落的妈妈帮她搞定了学校的事情，她到上海后，和第三任先生住在一起，自己到一家时尚杂志实习，但真的太累了，她就放弃了。早上起来，她吻别第三任先生，把家里里外外收拾一遍，然后她就在小区里的健身器材上玩儿，等着第三任先生下班。

如果从天空看下去，那个时候，一个瘦弱的小女孩，在小区的健身器材那里，踩动着那些蓝色、黄色的像水车一样的铁东西，吱吱呀呀。

这分明是一个很寂寞的画面啊。

可她不觉得，他们不停地做爱，似乎没有更多其他的事情。对方探究她身体的欲望和她的感受相当，他们似乎找到了身体的密码，输入进去就可以达到自己想要的东西。

我以为会有伤害什么的，我以为会有，但没有。他们的故事就这样平淡地进行下去，这像韩国电影《美人》一样嘛！主角就没怎么下过床，我问她：“难道没有重要的事情发生吗？”

她说：“有，有一次坐飞机的时候一个黑人冲撞了我，然后第三任先生就冲上去把他打趴下了，还惊动了警察。”

“我觉得，他是真的爱我，那么勇敢。”她总结了一下，认真地说。

“然后呢？”

“然后我就来北京了啊，这里有很好的工作机会。”“可第三任呢？”“我们也没说分手，就慢慢淡了吧。有一次，我去上海出差，有人告诉我他找了另一个人，我就打电话给他，可怎么都不通，我一怒之下就报复他，去找另一个追我很久的人做爱。”

她去的地方特别远，打车都要一百六十元，她说，当晚就是不管怎样， 就是要做爱，她急吼吼地奔过去，做爱结束了，又立刻想回来。早上六点她走了四十分钟才打到一辆回上海的车。

“然后呢？”“没有然后了，反正我现在每次去上海出差，还是会和第三任先生做爱。”

她的故事，就是这样的。其后，她来到北京，又陆续和一些男人谈恋爱，以身体的方式交流。

她见我不满足，就又补充说：“我就是这样的啊，我爱一个人就是很激烈。我对前三任都很激烈。”

我的意思是，有一些人，不是全部，他们的感情故事都与身体感官相依相伴，并在快感这件事儿上穷尽精力。与其说是感情的秘密，不如说是身体的秘密，并以此产生一种强烈的爱的感觉。有数据说，五个月之后， 两个人的激情会消耗殆尽，于是他们开始选择离开。

这也没有什么对错，相比在爱里苦守和演戏的人，好色小姐活得很真实，且只对自己负责。我没有鼓励她，她自己却说：“我要去做我的事业了， 感情什么的随遇而安吧，我疲了。”

她没有讲感情，她讲的是爱与痛，还有眼泪，都与身体感官有明确的联系，可她也不是那种滥交之人，她就是很容易和某个人建立这种身体上的联系，并且，似乎没有缺少的时候。

但她说，她疲了。说这话的时候，她吃掉了一块巧克力蛋糕，很享受的样子，她才 24 岁。

## 距离让我们在一起

异地恋多不靠谱，我的理念是，他们只是在谈臆想中的恋爱罢了。

但很多人并不这么认为，他们大声地否定我说，这也是一种爱。我认识的一个90后，女友就在日本，他那天在微博上大声疾呼：“你们总是在说不靠谱，不靠谱。你们是对我没信心，还是对她没信心，还是对我们俩的感情没信心？我还就是愿意等她回来，我们不仅异地，还跨了国。”

一看就是又有人如我老生常谈了，孩子烦了，要发博明志，我回复：“好吧，好吧，跨着跨着你也就习惯了。”

人是容易习惯的动物，我的朋友贾先生，就跨了三年。哦，他之所以有这么正常的名字，是因为他是我身边为数不多的正常人，干净斯文，有礼有节，说话都显得是思考过的，和电视剧里的台词一样，少有语气助词， 也没有错了要重新说的话。

他和女友恋爱五年，三年都是异地。在那长长的三年里，他看起来那么正常、安定，脊背挺直，没有欲望，一副连飞机都不会打的样子。我因此质疑他对女友的感情，他也没有笑我肉欲，甚至没有嗤之以鼻。那太不正常了，他却用实际行动撑着这场恋爱。当然，那是在我看来，对他来说， 就是每隔两个月，去女友那里住一个月。

他女友在丽江，开了一家客栈，你看，文艺青年都有这个理想，只有猛烈的文艺青年才去实现它。贾先生就这样飞来飞去，三年时间，他们相处得都很好。

我没有见过他的女友，想象中她该是个穿着大裙子，头发散着，风一吹跟齐豫似的人。我描述这样的状况给贾先生，他不置可否，一个如此正常的男人，唯一不正常的就是较少反驳别人，我们就先想象他是和齐豫在一起吧。

女友关掉了客栈，大概也赚了一些钱，她回到北京，和贾先生搬到一起，开始了正常的生活。贾先生，这个正常人，突然就不正常了起来，他人生的闪光点被激发出来了，像洋气的幽闭恐惧症和密集恐惧症一样，他一和女友吵架，就特别困。

他坐在一家面馆里和我讲这个事情，我笑得要滚到桌下了。他依然一脸严肃，他说：“就是特别困，所以，在她拼命和我讲道理的时候，我就去睡觉。”

这简直是一个女人最不能忍受的画面，在自己用排比句进行攻城略地的时候，对方的将领、代表、战士竟然在马上打了哈欠，表示——特！别！困！这简直是一个新的无法被容忍的重大侵犯。

争吵不可抑制，双方感觉都很累，争吵的原因无非是些鸡毛蒜皮的事情。比如两个人吃饭，两个人睡觉，两个人起床，两个人行走坐卧，两个人都像多了些什么，又像少了些什么，却又无从表达。

女人安排二人饭局，贾先生有时会带一两个好友出席。这些贾先生三年间经常在电话里提起的人，以肉体灯泡方式出现的时候，势必变成一坨一坨讽刺的挑衅，齐豫般的女人有时笑颜以对，有时又无法承受。正常男人贾先生觉得这就是生活啊，为什么非要二人世界。然后，他在女人的叨叨声中又突然特别困了起来。是的，他们就在这样的吵吵闹闹中，走到了分手。贾先生跟我描述当天的状况，女人最后说："我们分开吧。"贾先生说："好吧。"然后他打了个哈欠，转身离开。他关掉了手机，回家睡觉。

他突然厌倦了，他也跟我承认，三年间他逐渐适应了一个人的生活，他爱着她，也许是在和她不是一个空间的时候。那些分开、相聚，都凝聚着美好和珍贵的东西，不似在一个空间之后，他们彼此倾轧、妥协、撕扯。最后她很痛苦，他很困，这似乎不是他想要的，当然，更不是她想要的。

这和她在客栈门口等着他从北京脊背挺直地走过来的时候完全不一样，她的盼望被兑现的时候，像一篇在剧本上的文字，被安在一个北京三环居民房里，那并不生动。

贾先生声音低沉清晰，他至今还坚定地认为自己爱着她，她也爱着自己。只是在异地到本地的转变中，他们都没有找到更好的接纳对方的方式，就像他从不曾知道自己会在吵架时犯困一样。

他们并不能作为样本来印证我开篇的话，我也无法揭穿异地恋到底是好是坏。有时候我们会爱上远方，仅仅是因为我们没有到达；有时候我们会厌恶故土，仅仅是因为待得太久。

嗯，有时候距离让我们在一起，有时候距离又让我们分开。

止まれ

# Part 6

## 旧爱、小三、极品们

## 遭遇极品的概率

遭遇极品的概率很大，尤其是在各种沟通工具盛行的情况下，极品们透过微信、私信、短信甚至求职信都有可能出现，让人，尤其让女人防不胜防。

每个极品都不是天生的，每个极品都有一片成就他的沃土。

沃土小姐是我身边遭遇极品的当事人，当然她的极品故事发生的时间较早。在那个还没有微博的时代里，我不知道这位极品先生是以什么方式出现在她的生活里。只记得我们吃了一顿隆重的饭，用以庆祝她沉冤得雪般终于找到一个可以谈恋爱的人，而后极品先生就以八兆宽带的速度住进了她刚租的复式新屋里。

对，住进来，带着细软，可以确定的是，没有金银。

不能确定的还有他的职业，怎么形容他呢？一个没有电影作品的电影制作人？似乎不大准确，反正女侠遭遇的是他手头没有项目的阶段。事实证明，一个不忙但接近中年的人是非常可怕的，在持续了将近一周的热络之后，极品先生24小时待机状态让每天起早贪黑上班的沃土小姐有一种单身母亲的错觉，甚至，她有一种，下了班要急忙赶回家给孩子做饭的焦虑，这让她有些许不适。她当然掩饰了这些，她觉得，是自己一个人生活得太久了，难以容人。

这个故事告诉我们，极品的产生都有一个复杂背景，有的竟是因为那像爱情。

沃土小姐真的给他做过一顿饭，也真的把他当自己的男人一样。吃饭的时候两人坐在大玻璃窗前，甚至有几分居家生活的温暖氛围。遗憾的是，沃土小姐心中念念不忘的是在整个买菜过程中，极品先生没有掏一分钱。哦，仔细算的话，在走出超市发现没有买蒜之后，他花了一块钱，买了两头蒜。

然后，他就装着蒜，跟她回家做饭去了。

次日，沃土小姐去参加朋友的聚会，极品先生则将以新男友的身份闪亮登场。她带着两头蒜的疑惑，带着并不闪亮的极品先生出了门，打了辆车，直奔聚会地点。到了地儿，该交车费的时候，沃土小姐发现自己没有带现金，她站在门边，眼巴巴地看着极品先生，极品先生则无辜地说："我也没有带现金。"

沃土小姐突然觉得风真凉啊，冷飕飕地刮起她的大裙子，然后极品先生说：“那你去取点儿现金吧。”然后，在他眼巴巴坐在车里的情况下，沃土小姐关上车门，找了最近的ATM机取款。其间，沃土小姐一直没心情，最后大家AA制埋单的时候，收钱的人走到沃土小姐面前，极品先生动也不动，像来维护治安的防暴警察一样，沃土小姐只好掏出钱包交了双份的钱。

需要揭穿的是，极品先生不仅没有现金，很可能也没有卡。

爱情在那一刻消失了。贫贱夫妻百事哀，沃土小姐忘了当时她有没有想起这句老话，很多老话都说得好，但没说过是这种哀啊，一种跟男友出来自己埋单的哀啊。

第二天，她下班之后回到家中，看到极品先生坐在她的沙发上，用着她的宽带，玩着她，哦，不，是他自己的电脑。沃土小姐形容这样的一个境况：如果不是自己站在门厅里，还以为是她自己坐在沙发上呢，对，就是那么极品的很自然。然后，沃土小姐问他：“你吃过饭了吗？”他说：“我在等你一起吃啊。”

沃土小姐此时好希望心头涌起一股暖流，但她没有。她突然想起自己去ATM机取钱那一刻的无依无靠，她只好回答：“我不饿。”

她描述这一段的时候，我们哄堂大笑。当普通人遭遇极品，只好用普通的方式来处理，这种方式的最大代价就是，搭上自己。

极品先生吃了沃土小姐的一包方便面，即便他尽量降低吸溜吸溜的声响，却也能从沃土小姐那僵直的脊背上感觉到什么。沃土小姐在想，这个晚上怎么度过，是不是要在两人之间放上一碗水。

感情就是这么奇怪，当没有了之后，原有的一切原因都变得很可笑。这个原来对艺术有追求、有见地的人突然变成了砧板上的一头蒜，出租车后的一个陌生人，在自己家里滑稽地吃方便面的被救助者。

第二天，沃土小姐给极品先生发了条短信：“我们进展有点儿快，你搬回去住一段吧。”极品先生回：“好吧。”下班的时候，沃土小姐给他打电话，问他收拾完了吗，他说：“没。”沃土小姐回：“慢慢收。”然后，她没直接回家。

后来，当然是没有后来了，唯一的后来就是，极品先生说：“我有一件 T 恤落在你家了，有空得拿。”沃土小姐回，好。

后来，他还是没有拿，估计是有电影项目忙起来了吧，或者，算了下衣服钱还比不上打车钱，不拿也罢。

沃土小姐说：“这件T恤我一直留着当睡衣，倍儿舒服，怎么洗都不变形。”

我向来不以钱判断事物，但我知道我们爱的人，应该是和我们价值观相近的人，他身上的向上感、正面力量、对待生活和事业的态度。即便被现实碾出屌丝的样貌，也该有破土而出的冲劲儿，有翻盘的斗志和看起来要冲杀的样子，如果没有，那他真的不具备被你爱的第一要素。

而当遭遇极品，最差的方式是教育极品改正。极品的成因太过复杂， 纠正他的难度大于重新寻找，这是非常吃力且不讨好的。另外就是，以爱为前提为极品的所作所为辩护是非常愚蠢的，因为一个人如果爱你的话， 应该以更好的面貌对待你，而不是保持原来状态；一个人若真爱另一个人的话，不会真的穷到付不起一次出租车费。即便真如此窘迫，也会表达得很清楚。最后，遭遇极品，掉头就走，T 恤真的不要留，要丢得远远的。

还有可以总结的是，一个常年无所事事的人非常可怕，不管以什么为借口。

“因为爱情”是养育极品的沃土，不爱，就遭遇不到，他都极品了， 你还那么爱，那你也是极品，只好说：祝你们万福金安。

## 打败第三者

他说：“我只是想找回我的爱人而已。”说这话的时候，他像坐在森林边上采蘑菇的小姑娘，脑顶上一团雾气，黑色沉郁。

坐在我的新家里，他哭了一阵子，声音撕破了我的两室一厅，九十平方米啊，又掀开窗撕破了夜空。我默默地给他倒了一杯水，内心有两个恐惧，一是邻居会不会上来投诉；二是我被投诉之后被迫搬家，还牵着狗， 无家可归。

是的，好朋友需要揭穿，他们有时格外温暖，有时又心思难看，所以我迅速杀死了这两个念头，但第三个念头立刻出现了，就是：如果我失恋了，我可不能这么大声哭。

可我分外珍惜这些还能落泪的人，于是我问他问题：“你是不是真的爱对方？”他说：“爱。”我让他举例子，他举得很好，一般举自己爱对方的例子，都可以举得很好，然后我又问他，那对方爱不爱你？他也说：“爱。”我也让他举例子。

他们太多不同，或者说并不相配，生活细节、职业背景、处事风格，可感情就是这么奇怪，有时你爱的，正是你缺少的那部分。如果我是很俗气的三姑六婆，我会说他们地位悬殊，可我又能切实感受到他的焦灼，那是一种突然失去了爱着的人的手足无措，像找不到家。

他们相遇很平常，一起唱 K，喝高了，竟然接了吻。第二天，对方就到他楼下等他，然后开始恋爱，可他真的忙，有时日夜颠倒，有时无法吃饭。

可这不是分手的原因，有句浑蛋话我也说过，就是真爱你的人都不会那么忙，但有时候真的就那么忙，忙加疲惫后的忽略，简直是分手利器。你若想分手，这一招一日三次，外敷内用，必有效果。

他说：忙的时候对方就等，有的时候常常在楼下等半个晚上，最长她等过九个小时，就算是正常上班，也加了一小时班了。我立刻又心疼对方这茫然的不知终点的等待，爱的煎熬莫过于此，不敢催，不能走，站在原地踱步，不辛苦，却是巨大消耗。

又一次等得无望，对方就去看电影，看了不到一半，他突然忙完，急招对方立刻出现，对方立刻出现了。我问他她是在看什么电影啊，他说：“《碟中谍 4》。”

我立刻说：“要是我就立刻跟你分手，《碟中谍 4》多他妈的好看啊。”他常让对方陷入等待，又不给对方理由，又少表露爱意。于是，对方找了一个新的人，被他撞破约会，他忍不了，分手。然后，就是开篇的他，坐在我新家的新沙发上哭，用我的新手纸，放进我新的垃圾桶。

可我明明，像在听一个旧故事。我说你活该失去对方。好朋友这时就该撒盐，然后我告诉他一个耐心等你九个小时的人和你分开，一定不是不爱你；你为她哭得划破夜空，你也不是不爱她，让我们打一场爱情保卫战吧。

我让他约对方见面，但我知道这是一种冒险，分手后的反复最容易让人厌烦，但如不甘心，只好兵行险招。我跟他说，你要告诉对方，像你刚才告诉我一样，告诉她你多爱她，不要隐瞒，不要崩溃，尽量不哭，只说出这些事实，不要求任何结果，尤其是不要要求复合，这就是第一战。

他赴约去了，回来跟我汇报，说对方哭了，对方还说很难过，也说了一些回应的话，确实不知道他如此爱着她。

我说第一战我们赢了，进行第二战，表达你的态度，但不要问对方要不要回来，而要说我们要不要继续在一起，用“你”和用“我们”是两个纬度的事情，胆大心细，必须直接。

甚至，我在他的房子里，规定了他坐的位置，对方坐的位置，说话时的表情，声音的大小。其实只有我知道这些都是狗屁，但我必须告诉他这样是有效的，他才得以相信，并坚决地去完成。

失去爱的人如溺水，但救命的从不是稻草，是坚定。

他再约对方见面，我说这次不要重复，只需告诉对方你很坚定。半夜时，我收到短信，他汇报说，对方说回去处理那个新人，让他等消息。然后他问我，有百分之多少的胜算了？我说百分之九十。

他不再哭，追问剩下的百分之十是什么。我说你就不要再给对方任何压力，不要追问，不要重复，不要强调，静静等着就好。

后来，他们两个复合了，新人好倒霉。

我真是积了大德，被人追问为什么，我想爱无战术，唯有他们彼此还有爱罢了。更何况，我也有过失败的例子，失败的那个人，是我。不赘述。

我坐在我的新房子里长舒一口气，得到以下理论：

1. 爱对方一定要告诉他。
2. 不要认为对方爱自己就可以为所欲为。
3. 如果分手后心有不甘，就去努力一次，但只能努力一次。
4. 不要接待失恋的人，太费纸了。
5. 若谈恋爱，要观察对方是不是急于展开一段关系，用于忘记另外一个人。
6. 新人笑，旧人哭。有时新人笑，难敌旧人哭。

## 一次撞车揭穿的真相

这个故事告诉我们，在正常的状况下，你根本无法发现爱情的异常，而一旦事情突发……

我的这位朋友，之前也是参加过选美比赛的。她心直口快，单纯热烈，像一杯热的美式咖啡，我的意思是，那种什么都不掺的感觉。

今年的清明节，她和男朋友在凌晨时分上了高速。

男朋友是她的小学同学，旧时好友。她在广州，他在中山，长大后再次联系上之后，他说："做我的女朋友吧。"她空窗了那么多年，追求者也很多，这次算是动了真心，什么是真心呢？她后来判断说："能在周五赶最后一班动车，精疲力竭地去中山与男人相见，就算真心吧。"

一切顺利，只是假期里，男的带她回家，她以为要见未来的公公和婆婆，还暗自紧张了一阵。到了那里，她被安排住进了酒店，有时候跟他出去吃饭，有时候吃酒店套餐。只在返程时才和他的家人匆匆打了个照面， 他还没有介绍她的身份。男方妈妈总是很挑剔，看她的时候颇有深意，女孩接过橙子，觉得这趟来得好莫名其妙。

高速上几乎无光，远光灯照过去的时候，前方路上突然出现一堆横排的巨石。速度在一百迈以上，刹无可刹，他急打方向，冲向右侧护栏，车前身毁得很厉害，她被卡住了，动弹不得，还闻到刺鼻的汽油味儿。他冲下车，忙不迭地去换车牌，原来他图方便安了一个套牌的车号。他的工作就是这个，自然知道这样会带来什么，更何况他在上车前似乎还喝了一点儿酒。

她无法动弹，大脑一片空白，坐在车里被慌乱的他怒斥："快下车啊， 帮我换车牌啊。"她说："我被卡住了啊。"他急吼："怎么会被卡住啊。"事情就在这几十秒之间，而后边高速驶来的车车灯明亮，刹车声尖利，她拼命地踹门，脑海中唯一的念头是"我还有很多事情没有做"。

时间的概念在非常态的状况下，有的被记得很长，有的被记得很短。事后，她跟我讲这段的时候说，那些车灯照过来的光亮很长很长，而他们收拾完身上细软，打电话报警处理完回到广州的时间很短很短。

当日六车连撞，唯独他们两个没有受伤，而如果有一辆后车刹车不及时，她或许也无缘再跟我讲她自己的故事。

她庆幸自己还活着且毫发无伤，心却似被大石碾过。他看起来那么好，高大、英俊、职业光鲜，他们看起来那么相配、和谐，像电视广告里那样的一对。可，为什么，他会在自己被卡在车里的时候，径自跑向车后去换车牌呢？

真相有时候是潘多拉的盒子，一旦打开就无法关上。后边的故事就像被撕开口子的手机贴膜，一旦被掀开就无法恢复原状。她逐渐发现他们之前的种种不一样，跟他说："分手吧。"他发来长长的短信："我们真的不合适，你那么爱交际，你那么愿意和我的朋友聊天说话，你那么有主意……"

她当然也觉得遗憾，但跟我讲这些的时候却笑出了声。她说没有想到不同竟是那么多，而他只是希望她坐在旁边沉默不语或者听任其安排罢了。然后我说，还包括在撞车之后，自己挣脱出来去帮他换车牌吗？

她后来哭了，哭了很久。我们未必会遭遇到天灾人祸，也无法保证在这些面前依然能保持我们应有的姿态。我没有谴责他的意思，他们分手也不仅仅是因为这场车祸。

我写下这篇时，觉得现实就是这么直接刺目，像午后两点钟的太阳一样。一个在正常时期里很爱你的人，在非常时期未必还会，而在非常时期保持足够对你关注的人，似乎更值得托付。

当然，需要提醒的是，我还是认为，不要和使用套牌车的人交朋友，不要和酒后驾驶的人交朋友，高晓松也不行。

这样真的很容易撞车，而你会是副驾驶上的那一个。

## 诱惑的姐

你能抵制住诱惑吗？反正大部分人会回答：能。我不能，我很难抵制诱惑，如果把诱惑的级别提高，这个人就是你想象的样子，又一切都符合你的需求呢？大部分女生这个时候还是会摇头说：不。

但男的，大部分都承认说：哦，当然了。“当然了”的背后不言而喻，我为这些尊重动物性的人鼓掌，但这并不代表我鼓励你乱搞。从另一个层面，当你在一段爱里的时候，如果足够真切，你断然无法允许自己做出背叛的行为，对吧？

我的一个朋友都想要先生，最近遭遇了新生的诱惑。他在日本留学，女朋友在国内与他分居两地，七年了，偶尔很美好，偶尔很抓狂。

异地恋的问题我们按下不表，单说他遇到的诱惑，先是微博互相关注了暗生情愫，又私信，最后熬不住，见面了。女的是个空姐，服务于全日空航空，常飞纽约，两人见面后又交换了微信，开始了一段汹涌的没话找话过程。都想要先生把苦恼告诉我，说到底怎么办，眼看着就要到边界了，冲上去对不起女友，不冲上去……我接过话说，是对不起自己吧。

他让我看那女孩的微博，我看了一页就没有兴致了。你知道，有些女孩的微博，用吃什么、喝什么、穿什么衣服，为每天的生活记账，偶有自拍的头像，势必眼睛向上看似乎有点儿惊愕的表情。我说，这是俗物啊。

都想要先生不以为然，似乎还沉浸在其中。在将搞未搞之前，人总是善于美化，这样才能激励自己往前走。好奇，是很多爱情和奸情的开始。我没有告诉他这些话，后来某个下雨的晚上，他又告诉我，他又和女友吵架了，实在心生倦意，不想和好了。你看，有时候因为雨大，你就懒得修筑堤防，任它冲过来。建立新世界的心，因为好奇，开始怦怦跳动。

行文至此时，空姐正飞往纽约，三天后返回。我也不知道都想要先生是否能勒紧裤腰带，我在爱情里是悲观主义者，信奉事出有因，因大则果大。基本上，我觉得，正牌女友，危。

猎艳对男人来说是件刺激的事，确实，有的时候“艳”也过于轻浮且不够争气。还是都想要先生，有一次陪好友猎艳，也在日本。当时，事主想当夜把女主搞定，于是三个人在家里推杯换盏，不过事主没想到女主那么能喝，自己被三下五除二搞定了，女主就要都想要先生送她回家。

到了楼下，女主说上去喝杯茶吧。都想要先生说喝了那么多啤酒，就算了吧。对方眼睛闪闪地说："上去吧。"朋友当然上去了，每个成年人都知道上楼喝茶的意义。女孩家里有没有茶香味他没有说，反正他说喝了三瓶酸奶，女的就脱掉了衬衫说好热。每个成年人也都知道好热的意义，喝茶了能不好热吗？朋友说那我走了，女的就扑了上来。

艳遇就是这样搞出来的，当你愿意上楼喝茶，又能够感受到对方好热，就签下了某种契约，认可了某种需求。

和哆啦 A 梦的故事一样，一切进展到即将完美的时候，对方戛然而止说："哦，今天大姨妈来了。"真是酒后乱性，都想要先生倒头睡去，后来女方多次在各种途径上打招呼联络，想来是要弥补遗憾，朋友突然格外忠贞了，他回复对方说："你家亲戚太多了。"

这样的事情造成了朋友对爱情的不坚定，甚至借此怀疑女性，他说真的是这样吗？每个人都有一颗蠢蠢欲动的出轨之心？我实在无法回答他，至少，这些他遭遇的人无法让我给出一个否定的答案。在动物性这件事情上，我常怀有一百个敬畏，觉得连进化都无法抹杀的，就是本性，应该尊重。

可，如果只是基于这些尊重就安然接受了所有调戏或者暧昧，是不是对感情的不尊重，或者将自己置于有缝儿之蛋的位置，便可迎接更多扑着翅膀发出嗡鸣的苍蝇？让那些菌类一般生长的、对于未知世界充满好奇的欲望理所当然地破土而出？我无法回答这些问题，也不能让他立刻斩断，人，就是这样的，你让他斩断的时候，那个需要被斩断的东西就格外强烈。

所以，不坚定是有道理的，我看过很多爱情初燃期的坚定，信誓旦旦。我也看过很多爱情灰烬期的不坚定，一炮功成万骨枯的例子也不是没有。这个夏天燥热，可也雨水充沛，这是自然规律。一切都是暂时的，包括爱情。

都想要先生要面对诱惑的姐，我不知道他的选择。其实大概也可想见， 出轨是不对，可背叛爱情和尊重个人，到底该怎么排序？我想我有些错乱了，我要去喝点儿水，捋一捋我的三观。

## 低智商爱人

“说谎的人，要吞一千根针”，这不是我说的，但我觉得从被骗之人的角度来讲，好爽。

我有一个朋友，我们叫她易上当小姐，易上当小姐有个接近 90 后的小男友，她爱他爱得很强烈，怎么来形容这种强烈呢，嗯，爱得视如己出，就差视死如归了。

对，就是这么强烈，所以爱了两年后，她依然很爱。

我不能判断易上当小姐的男友是不是在说谎，但当易上当小姐偶尔给我打来电话，或者在我们一起吃东西时她突然陷入沉默，又或者突然焦躁起来，我就总能知道，她又得到了一个很扯的理由。

他不见她的理由则是以下各种：工作很忙，工作特别忙，家里有亲戚来，陪家人去旅行，家里有人生病，自己生病，好累，明天要早起所以早点儿回家了。

我不忍心告诉她，看着这些理由，评委我发言：他好爱自己啊，好爱家人啊，好爱工作啊，就是——不爱你。

爱跟上班似的，如果请假，理由无外乎那几个，比如：高热不退、上吐下泻、水管爆裂，以上三条堪称请假Top3，其综合特点是：突发、情态严重、不得不救，其结果却只有一个：无法上班。

你永远无法叫醒一个装睡的人，也无法拒绝一个真心想请假的人。所以，准假的人都怀着心知肚明，默默允了在人规则下的小小懒惰，偶尔请假没什么，甚至偶尔旷工几日还会有小别胜新婚的愉悦感，但长期泡病号就很容易引人厌倦，这不是逼人拎着果篮去探望嘛。

于是新一轮的理由出现了，当易上当小姐要拎着果篮去看他时，他的理由是："你也很辛苦算了吧，你也帮不上什么忙算了吧，我都要睡了算了吧。"评委我不禁又要说："他好懂事噢，他好心疼你噢，他好——不想见你哦。"

我这样的人，总是相信直接就是力量。我常常把求助者逼入死胡同，再没有让一个人承认自己被骗更残忍的了。我常劝易上当小姐把果篮扔掉吧，又由衷地心疼她，她那么容易陷入难过的等待中，又那么容易被几条发来安慰的理由感动，状态像忽明忽灭的灯泡，让人揪心。

我也不知道如何劝慰她，我也常鼓励她安排好自己的生活，别再刻意等待，可怜的是，大部分在爱里陷入等待状态的人，一般除了等待什么也做不了。我没有告诉她实话，因为她男友的理由确实推陈出新，与时俱进， 我也没有告诉她，其实细节越多，越像谎言。

识别这些其实非常简单，就让我们直接看结果，不管以何种原因达成的结果都是本质，而花哨的原因常让我们转移注意力，就像雷雨天气里骄傲的雷声一般都灌不到我们的房子里。

易上当小姐又陷入了新一轮纠结中，等待使她变得面色难看，我渐渐想要离她远一些。她没什么错，只是愿意相信谎言，而每个说谎的人，其实都在利用这些相信，却终不能明白，她愿意相信是因为她爱着你。

你们去吞针吧，在爱里说谎的人。

可是当你不再爱了，你才会发现，嗯，这些用脚指头都能想出来的谎言是多么低智商。

## 最好还是不说

每个人都有好朋友，每个人又都是另外一些人的好朋友，所以当好朋友失恋的时候，我们就要承担他们 把鼻涕 把眼泪以及 些故事。我做过倾听者，也做过讲述者。在这件事儿上，我还没碰到比较有效自医的明白人，哭鼻子，骂骂前任有多傻逼，这是件很爽的事情吗？可怎么听着听着，就听出了还爱得意犹未尽呢？

这就是倾吐的风险，因为在描述感情的过程中，你丢出一个他很差的论点，再用你的前一段时间做论据去证明，这很不明智。

描述过往感情给众多不相关的人，哪怕是密友，也如同把内衣拿出来说，你看看这质地、这颜色、这松度，还让人闻味道，可人家说什么呢？ 说确实有点儿紧了，你疼不疼？但你想获得的不是这个。要是为了表达哀痛，这也没什么特殊，因为每个人都有过这哀痛，又不是你的哀痛大得特别值得描述，你也没有化蝶，化蝶了也轮不到你自己写自传歌颂。

所以，最好还是不说。事已至此，对于过往感情，最大的善意就是不说。前任再不珍贵，也是你的；再珍贵，也是前任了。

我从来不嘲笑那些正爱着的人，除非他们向我求助。他们常常笨拙， 陷于爱里的时候很难抽身及客观，但他们没什么可嘲笑的，甚至他们眼光里闪烁的痛苦也值得夸赞。因为认真爱一个人没有错，“不爱一个人，所以他全是错的”是句准确的话，但不能说出来。我恨那些在分手之后把对方说得一文不值的人，甚至有人把裸照拿出来分享，那些曾独属于你们亲密时候的价值被立刻贬损了，否定你的过去就是否定过去的你；我愿意歌颂那些受了伤害就大哭，哭完就忘了的人，他们在心里划了一道界限之后，嘴立刻就闭上了。那些过去凝固成故乡的石头，远远的，很少想起，难以回去。

倘若一个人爱我，我绝不随意评价这个人的炙热感情。我不会高高在上，即便心里觉得有点儿骄傲；倘若一个人我爱，却不爱我，我也不强调我对这个人有多好，以至于失去的时候我有多么难过，这跟值得与否无关。

最终选择不说，这是一种彼此的尊重，就像与旅途中的旅伴客套地说再见，即便内心有时咒骂“可他妈的算是下车了”。你跟人家买了一张票， 又刻意同坐，如今不管谁决定走了，也不用告诉全车厢，哦，他是我讨厌的人，所以我们不能坐一块儿，不怪我，我讨厌他。

你可以不再问候他，不再虚情假意祝福他未来更好，不再把他当成亲密伙伴，这个结果是可以告诉大家的，但原因只要你们知道就好了。这真该是一个通行的恋爱标准，可惜很多人做不到，看到旧爱侣分崩离析， 那些曾有的珍贵，像过去的冬天，枯枝败叶，分外难看，你们曾有的好， 被这些东西，堆住了。

主要是，你自己也没更痛快，每说一次旧事，就是在旧叶子里打一遍滚儿，腐败的气息扑面而来。

So，最好还是不说，恋爱没有经验，没有两个相同的爱人，总结也没有意义。

## 小三之恋

人有的时候会误会自己，比如你以为遭遇爱情的时候，可能它只是奸情罢了。这样听起来真的难听，但想想，很多难听的都接近真相。

所以，感觉是不准确的，可人生要那么准确干什么。我常常鼓励好友们去感受，我的理论是但凡感情，总是好的，只是开始之后，要自己收拾烂摊子，这在人生长路里，是大公平。

也常有姐，百思不得其解，她又白又高，家世不错，就是找不到合适的人恋爱。我只好说别人都瞎了，她骚得不明显。话剧里说遇到爱，遇到性都不稀罕，稀罕的只有了解，那是骗人的屁话，爱和性都稀罕，有了这两个，了解才算真了解。

于是这姐终于恋爱了，那消息就像干旱的春天响起了春雷，我们都鲤鱼打挺奔赴她。在热腾腾的火锅店里，姐的眼里有湿漉漉的雾气。只是那故事听来并不轻松，描述里的那个男人，估计叫他猪头吧——算了，太难听了，我们叫他猎头好了——我们都见过，也曾在大年初几，我们在夜店起哄让他们接吻。

惊悚的开端就是这样，姐养着两只猫，而她爱的那个人却对猫毛过敏。那个初五吻过之后，据说他肿得跟猪头似的，不是猎头噢。

那怎么办？我们设计各种出路，以规划猫们的去向，并百度到底多久猫毛会散去。我当时还爱用白娘子的故事编排爱情，就问白娘子爱上了对猫毛过敏的许仙怎么办。有人互动说，那就变出膏药根治过敏呗。我说笨蛋，哪有这么医学的白娘子，一点儿都不浪漫，作为纯爱化身，她当然是变出个表哥，把猫送到表哥家了。

后来的故事就是她真的想把猫送到哥哥家去。之后，猎头要去上海出差，姐也跟着去了。我们视此为姐的爱情节点，她该是揣着满身心的希望， 而怕猫毛再现江湖，我想她一定洗了很多次澡，设计过各种情节，像等待着一场夏天的、雨后的、摇曳的、大朵的荷花。

回来的时候，她满心欢喜。自然是搞过了，没搞的爱情都是案情，需要侦探；不搞的爱人都是病人，需要医生。分享这次旅程，她说出了一些身体上的细节，还有另一个秘密，猎头还有女友。无非是他们感情如何不堪一击，他女友如何对猎头厌倦，如何要出国与猎头分道扬镳，所以现在要给猎头时间，等他把话挑明。

残酷的是，在爱里，给另一个人时间等待结果的人，最终都不会等到想要的结果。更让人难受的是，等待这样结果的时候你正在做别的事儿也就罢了，偏偏那时，你正是等待的姿势，因为除了等待，你做不了别的。

故事就是这样狗血，自然是猎头分不了手，他女友在哭闹了，他女友放弃出国了，他女友又重新爱上猎头了。这不是有病嘛，早前不是不爱了嘛。所以最终的那个理由我们都信了，就是他女友原来就有病，现在病情加重了。

这就像一桌宴席吃前和吃后啊，从珍馐美味到残羹冷炙，姐在火锅店里眼睛里还有雾气，她伸出手把我的手攥住，有一些疼。姐说："我这样的小三，不哭不闹不上吊，人家一折腾，我就立刻撒手人寰，不，还人了。"

我看出了她的悲愤，只好说，这不是别的，是爱得不够深，猎头不够真。姐点头称是。姐点了一根烟，淡淡地说："其实我能理解。"姐大包大揽地把跟对方这段小插曲的责任都揽到了自己身上，然后说，人家没了他会死，我没了他其实也没什么。

姐为了显示自己心很大，还说了一句，我们还是好朋友啊。

我从不鼓励着拆散别人，但如果当事人说了爱中说的话，做了爱中做的事，我就理解他是在爱着的，就会拿爱情的标准去衡量他，并会蔑视他们不够担当，无法承担。

所以在电影《春娇和志明》里，志明好傻啊，可，爱上志明的空姐好傻的平方啊。

所谓爱是一种能力，被爱是一种能力，而最残酷的检验，不过是面临选择和被选择。这和勇敢无关，好爱不费劲，真爱都勇敢。所以，不要抱怨，猪头们的能力，只是看到逆境了，就哼哼两声儿，退回原地罢了。

原地也没什么好，但比起新的地，少了麻烦啊。

## 皇后小姐的遗诏

如何处理与前任的关系，还真是一件麻烦的事情。

有个态度我很赞同，就是咱们最好都像悼念亡夫亡妇一样悼念前任吧。雍正爱纯元爱得那么深，也只是烧迷糊了才错将甄嬛看成纯元。咱们这些贩夫走卒，还是每年清明怀念一下，烧烧纸，扫扫墓就好了。

但太多的人，金星即便不逆行也无法摆脱前任的音容笑貌和人脉关系，皇后小姐就是其中的一位。有一天，她半夜突然号叫起来，在微信里跟我说，她很痛苦。我说怎么了，她说："他对我不好。"

这个"他"，自然是皇后小姐念念不忘的前任，不过也很难责备她， 毕竟从二十岁到二十九岁，她和他度过了人生中最重要的九年，是哦，九年，义务教育都完成了。

可，他已经和你分开了，还有什么义务对你好呢？即便他和你在一起九年。

皇后小姐显然震怒了，她说：“我知道，可他竟然还和小三在一起。”

这真是需要厘清一下头绪才能听懂的故事。皇后小姐和九年制男友感情烂尾，也是不能免俗地遭遇小三攻击，皇后小姐还认识三姑娘，当然是冲上去撕了脸，场面不是很好看。皇后小姐心高气傲，哪里受得了这个， 表示要分手，一分，竟然分成了。

“竟然”一词用得很准确，有些故事的发展就像宜家家具，一旦拆开再也无法装上。皇后小姐哭了一阵，只好分下去了。据说下了最后一道懿旨，就是不许男友和三小姐再有任何瓜葛，男友满口答应了。

我听到这段的时候，被雷得外焦里嫩，一是我不明白皇后小姐为何如此执着下这样的规定给已经和自己毫无关系的对方，二是我不明白为什么九年制先生与皇后小姐解除关系后还能履行这样的职责。

感情留给我们很多错觉和幻象，我们又如此善于回避伤痛。这其中最好用的方式就是重视一些结果的呈现手段，比如分手分得很好看就显得分手也没有那么痛苦，所以我们才将分开时候的拥抱、眼泪看得那么珍贵。可说出那句“爱过”以及“毕竟我们在一起那么多年”，用以缅怀或者刻在碑上留念，那多么凄美值得回味，而这时候的应承，大概也只是为了更快地华丽丽地脱身罢了。你不寻死觅活，鬼哭狼嚎，他转身走的时候，岂不是更轻松嘛。

我终于还是没有告诉皇后小姐我的想法，她在签名栏打上“离婚了”三个字，收拾身心在旧房子里开始了新生活。日子缓慢前行，工作忙碌，交通依然拥堵，皇后小姐不再那么让人担心，看起来活得有声有色，直到这个午夜微信响起，她才告诉我原来九年制男友不定时地环绕，阴魂未散。金星逆行的五月，他甚至约皇后小姐逛街吃饭，这在皇后小姐看来当然是死灰将要复燃的意思。也在此时，她发现九年制和三小姐并没有断绝来往，还“去北海公园划船”。

“那可都是，我和他去北海公园划的船啊。”皇后小姐愤怒，当然不只是懿旨被不执行，还有这些被侵犯的细节重装上阵，再度归来。

可他真的有和别人上船的权利啊，甚至有上床的权利。我愿意做这样的恶人，以便唤醒皇后小姐，避免再受伤害。人生的意义是不停去学习体验，可我们不能陷入死循环，总是摔倒在同一个坑里。而他到底是什么意思，那其实并不由你控制，他的再度回来或许出于一种惯性，你的态度也许让他觉得和你做亲戚般的好朋友也说不定。

遗憾的是皇后小姐没有问出那句话，“要么复合要么滚”，说起来并不容易，但其实每个分过手的人都知道切断感染源是多么重要。这样一个九年间与你朝夕相处的人分手后以另外一种身份重新冲击你的生活，显然你并没有做好准备。皇后小姐陷入了难以厘清的困境中，直到更严重的现实出现，就是九年制搬到三小姐的家中，和她同居了。

皇后小姐哭累了，跟我说：“我去睡觉了，谢谢你。”

我知道她明天睡醒了还是会难过的，在此乞求所有前任：请你们在没有办法捡回旧爱的时候，把自己放远一点儿。而所有遭遇旧爱回头的姑娘们，你们也仔细地看看，他到底是真要回头还是按照习惯穿穿舒服的旧鞋子，并依照你们的内心跟他说“回来吧”或者“滚”。

任何暧昧都不是凭空出现的，你受暧昧的困扰，必是你愿意。因为真相就在那里，你却就是不愿意看见。

## 少唱《好久不见》

我来到你的城市，走过你来时的路。

据说，很多人过不了这首歌，逢听必哭。《春娇与志明》有句经典的宣传语：年轻时，谁没爱过几个人渣。人渣的基本作用就是，让你在酒醉之后想起他，或者有了合适的天气，你突然忆起此人和一些片段，心里默念一句，好久不见。

人渣就是这样容易地把我们最珍贵的那部分怀念掠走了。可惜的是， 他们从来不是最爱我们的那个人。

星球小姐今年三十多岁，为什么叫她星球小姐，后文你就知道了，别急。她的初恋是一个创业者，比她大九岁，在刚刚成立公司的时候与星球小姐结识。在星球小姐遥远的二十二岁，他的出现如同一个巨大的闪亮星球。

后来，当然是先在一起又分开，他们彼此照耀，又无言地擦肩而过，像浩瀚宇宙中不知名的星系一样。经历了一段恋爱该有的狂喜和疼痛，直到创业者离开了那个地方，转战北京，自此断了联系。当然，他没有给星球小姐一个交代，他消失了，他们就这样不了了之。

如同看了一场没有结局的电影，读了一封分不出笔迹又没有署名的信，一本被撕掉了最后几页的书。星球小姐过了异常暗淡的几年，她穷尽所能，都在探寻答案。可，这个人，就是这样，无声无息地消失了。

后来，星球小姐也来北京了，这期间大概已经过去十年了吧。我和她，还有几个朋友一起去看《星球大战》，那是很华丽的、炫目的一场关于日光灯管的打斗戏，我看向星球小姐，试图与她找共鸣，却发现，在银幕的微光里，她泪水流了一脸。

看《星球大战》哭成这样，是被黑武士感动了吗？亲！出了影院后，她告诉我，前排，就坐着她十年未见的创业者先生，还有创业者殷勤对待的、脖子细长跟鹅一样的、吃爆米花也像鹅的新女朋友。

在此更早之前，星球小姐偷偷来过北京，她站在创业者先生的写字楼下，坐在创业者先生楼下的餐厅里默默吃饭。她去走他走过的路，来到他生活的城市，耗尽能量都未曾见他一面，却在这个黑暗的、船舰在宇宙横飞的电影院里，完成了一次交割。

星球小姐没有在当时叫住他，后来的故事发展就很成年人了，她竟然阴错阳差地被创业者先生联系上了。因工作的关系，她没有再问及当年，只说了句，好久不见。

那个片段并没有被星球小姐过分详尽地描述，她只说当天的饭极其难吃，而谈论的商务工作又实在过于枯燥冗长。他像是一个全新出现的陌生人，而仔细看他的脸，竟有几分陌生，喝掉了两杯咖啡之后，星球小姐突然意识到，她的疑问，早随着时间并经由那个电影消逝了。

我的另一个朋友，和前任住在一个小区，他们有同一家会所的健身卡，工作也在相邻的写字楼，都喜欢一个咖啡店，可他们再也没有相遇。有一天，他们同时发微博说去健身，可在同一时段的同一个健身房里，他们还是没有相遇。他们终于没有说出那一句“好久不见”，日子在慢慢反刍中不停向前，被烈日暴晒，又被雨水冲刷。他们终于消失在彼此的生活之中，似乎有什么精准的设计让他们不能再有交集，哪怕只是路上的一次重逢。

我们爱过的人渣，像是生命中一个个的里程碑，告诉我们到达了哪里，又曾经经过了什么。那些无法面对的，其实根本就早已过去，像喝过的中药，当日那么苦，却对日后有效，剩下的渣，该被慢慢倒掉。所以，少唱好久不见。不如不见，当作纪念。

## 被怀念者常最狠

我一个朋友有个真妹妹，在这个“你妹”有另一种含义的时代里，有个真妹妹真令人尴尬啊。

真妹妹小姐有个男友，待她非常好，可真妹妹小姐是个受过伤的人，最后还是没被焐热，就分开了。

分开之后，真妹妹小姐就真正开始了单身生活。我们在微博上彼此关注，有时候还会聊几句，我觉得她真好看，又由衷觉得美人空着也是一种资源浪费，就常常留言给她说，快啊，赶紧谈恋爱去啊。

真妹妹小姐终究还是没谈恋爱，倒是跟我有一搭没一搭地汇报着前任的动向。比如那男孩有意无意地通过Path、朋友圈中更新的信息传达对她的怀念，那些状态里常常有一些伤感的句子，像对着墙说话，又像是为了让她感受一下，但真正和她发过来的也就是一个短信、一条微信，都没有什么具体内容。无非是在她加班的时候，说句注意身体，在她生日的时候，发来一句生日快乐。

我跟她说，这前任够隐忍啊，应该是还在爱着你啊，她不以为然。我说："要不试试复合吧，反正你也空着。"真妹妹小姐突然发怒了，她的态度像一个被母亲逼婚的人，她说："为什么啊，我们又没有孩子！"

我当时没能接收到她的愤怒，在后半夜我看到她回给我的这句私信，内心有点儿荒凉，甚至为她的前任有点儿难过（我一定是闲得慌）。可事情就是这么简单残酷，能和你分开的人，一定是因为能和你分开，而一个和你分开并不再对你有任何怀念的人，你对她的怀念，就是一种打扰。

对待一个不再爱的人，被怀念者常常是最狠的。

我给我那个朋友发了个短信，我说："你妹的事情教育了我，复合是万万不能的。"

是的，复合是万万不能的，一个人与另一个人分开，一定是有原因的，这原因不大不小却足够让他们分开，这分开不大不小，恰巧就让他们成为两个不能在一起的人。如果能在一起，何苦会分开？如果能分开，为什么又非要在一起？很多事情无法经得住这两个拷问，虽然这拷问真像两句废话，但，这个问题，就在这两句废话里，迎刃而解了。

让我们有时有晌地怀念前任吧，像清明才会去祭奠一些重要的人一样。

所以，那位前任，你不要再做任何纠缠，只要你的信息暴露给对方，就是纠缠。纠缠不分形式，不要以为把自己默默的思念用鸡贼的方式传递给对方就一定比在街上截住她更高级，心理上的纠缠也是一种纠缠，我之所以突然对你隔空放话，是觉得你不该再对这女孩抱有幻想，幻想没问题，但，换个对象行吗？

而真妹妹小姐，不要因此而沾沾自喜，也不要因此感到一种被爱的烦恼，前任之所以怀念你，究其原因并不是因为你好，而是因为他没有碰到比你更好的。哦，这么说真是不好听，可，你心心念念着你爱的那个人，不也是因为没有另一个人打开你的心门嘛。

有个花瓶女的故事，说一个女的生来就没有身体，五脏六腑都在花瓶里，而后她被一个耍猴的所爱，结果母猴吃醋打碎了花瓶，耍猴的怕事情败落，把她扔到了枯井里，她以为自己要死了，却发现枯井里有一具身体，她附身上去，被另一个男人打捞上来，日日欢娱。有人问她后来去报仇了吗，她说："我现在过得这么好，谁还惦记着那点儿破事儿啊。"

你看，一切都会过去的，复合你妹啊！张惠妹唱：亲爱的，你现在怎么样，让我亲一亲，像朋友一样。亲什么亲，亲新的去。

のかなん
野花南
T
28
Nokanan
しまのした
Shimanoshita
かみあしべつ
Kami-ashibetsu

# Part 7

## 一切都是暂时的

## 勇于结束才好开始

早上的时候，我把房东的旧电视送人，不，应该是暂时借给别人看。 29英寸的电视，很笨重，厚度足有两个我，这种房东的破玩意儿，都属于放在那里很难看，扔了还房子时又很困扰，好在有人接受它。她是我的同事，或者应该说是朋友，大约六年前她曾经和我在一个节目组里工作。

那年冬天，我们的那个时尚节目要被调整到上海制作，我临危受命带队前往，第一个要解决的问题是原班人马谁能跟着我去。忘了是在哪个餐厅，一个大圆桌围着满满的人，我们吃了顿算不上伤感的饭，这之前我给了他们三天的时间，我说你们考虑考虑，到时候再告诉我。

那时候，我还不知道其实大部分考虑都没用，结果早就定了，考虑只是给彼此的台阶罢了。

大部分人选择了放弃，毕竟到上海算是双重的背井离乡。当时他们各有原因，有的爱人在这里，有的想就此放弃做电视节目要去尝试新生活，有人在北京买了房，有人则是无原因地坚持留守。我挨个儿问过去，觉得每个决定都来得不轻松，这个朋友当时也在其中，她说："我去。"

那个时候"我去"和"我操"还不是一个意思。

过了一个春节之后，她说，她去不了了，因为爱上了一个人，要和对方结婚，而且马上就办。这当然是让我失望的，但这决定又那么理所当然和不容推翻。在我正月十六拉着一个大箱子抵达上海的时候，他们大概已经在筹划结婚，她成了我第一个早婚的同事，而且快，闪。

今天搬电视的时候，我又和她提到这些，有种时光飞逝的感觉。我到上海两年零八个月，于2008年返回北京，到现在也超过四年了，我们似乎都没变。我开着车，她坐在副驾驶的位置上，后座上放着个笨重的29英寸松下彩电，她气息安静平顺，染了栗色的头发。阳光不错，斜着打了下来，我觉得她，好看了，这是时间带给她的。

然后，我们自然谈到了她的爱情、当年的抉择，也试着说了一些如果，如果她当时跟我去了上海，或许就是另外一种人生。

而现在，她已然告别了这段婚姻，这样一个娇小白皙的她，看起来还像小女孩的她，婚姻状况却是离异。其实这也没什么，就是让人感慨。

那个人比她大十几岁，可以当她的叔叔了。她当年爱得义无反顾，当时她爱他的那些优点后来变成了情感变化的原因。一个男人，无论年龄多大，只要他内心没有长大，对于一个女人来说，烦恼是一样的。他像十八岁一样热烈地追求过她，如今，也以这样的热烈去追求另一个人。她并无抱怨，或者已经抱怨完毕。她保有着金牛座女性的特征，缓慢的决定之后，是立刻拔根似的放手，绝不回头。

其实这些我早知道，只是不想问她。我们在同一个公司，偶尔在走廊碰到，或者有时见面匆匆拥抱一下，一切尽在不言中。但我能看出她的变化，每场感情都是一场磨炼。直到有一天，我发现她恢复光彩，想来是自愈了或者正在尝试恢复，她还那么年轻，应该用一种新的样子开始新生活。

可以想象，她肯定有过最苦的时间，这和其他人的苦并无不同。好在， 过去了。

她带我去她新的独居房子，我吭哧吭哧地把电视抬上去，那是北五环向阳的一个大开间，阳光很好，却家徒四壁。白墙上，有上一任房客留下的幼稚贴纸，她说，绝对不允许这些存在，只不过还不能买家具，因为星座上说，26日之后才可以。

后来她不好意思地笑了，说：“我最近很迷信。”

她笑得挺好看的，送完电视，我们一起回公司，我给她放了一首歌，我说你听听。那首歌放完，她沉默了，说很好。

那首歌唱的是一个人和自己的对话。

到公司楼下的时候，她说：“我上去了。”我说好。她关上了车门，非常大力，咣当一声。我放心了，她终于真的活过来了，连关车门，都恢复了往日的神力。

勇于开始，勇于结束，这才是完整的人生。更何况，爱什么的，也不是全部吧，即便它曾经全部过。

## 说声再见有多难

我最牛的一位下属，在某个要上班的周日，突然消失不见了，只带走了他自己的笔记本电脑，电话打得通，但永远不接。我安排了很多人找他，竟然也找不到，在他不见的前三天里，数以百计的电话拨给他，即便换了很多个电话以让他认为那不是来自公司的，却都是能打通，但没人接。电话嘟嘟嘟的声音让人焦躁，我当然不是要找到他并强行让他回来工作，只是觉得如果一个孩子凭空在一个大城市不见了，他的父母该有多着急，如果来追问我他们孩子的去向，我该多无言以对。

后来，我还是没有找到这个人，我们假想了很多狗血的结局，比如他被暗杀或者被绑架，在某个时间他突然上了社会新闻“某青工死于某小区”， 等等。直到他以另外一个媒体记者的身份出现，我们才停止了各种猜想。

原来，他只是想离职罢了。最后，他也没有办离职手续，就这么消失了，再也没有和我联系过。

这样的事情，之前也发生过一次，一个言之凿凿要来公司奋斗的人， 从东北拎着行李来到北京，熬了一夜之后，也同样消失不见了。关键是电话也是永远不接，我还担心他出事儿了，又安排人找他，永远是嘟嘟声。

这有多难为情呢，只是说声再见罢了。还有一个同事离职的时候，说了一个理由，我信了，但所有人都不信，我坚持，我说：“没有必要骗我吧。”我内心残存着一些希望，我觉得总会有一些不同发生，更何况我真的并不在意离开的理由是什么。因为对于我， 就是我的工作中将不再有她，至于何种原因离开，真的不重要。

有人总在追寻原因，有人总在面对结果。金牛座简单粗暴，因为这在本质上，和爱人要和你分手，唯一的原因就是要分手一样，和你爱不爱他，没有关系。

我的不舍是真的，甚至在她转身离开的时候要流出眼泪来，心还是有一点儿悬着的，残存的希望折磨着我，因为我很相信她的理由，并由衷地祝福她。直到昨天，我得知了这个同事没告诉我真话，心中的大石终于落地，发出一声巨响，我没有难过，也没有沮丧。我只是微微遗憾， 怎么就这么不是意料之外呢。

人生，在30岁之后变得无趣，是因为有一些可以料定，有一些料定的又不可改变。

如果我意气用事，或者我再年轻一点儿，我会打个电话过去追问。可现在我没有气力，生活的一大职责就是处理变化，这不算变化，这只是一个遥远的，如同自己生活过的城市正在下大雨一样的消息。

离开原来的工作单位，告别旧同事，或者所谓的好朋友，到底要经过怎样的纠结？我为数不多的几次离开，都把真实的原因告诉了老板。我试图编造过一些，发现站不住脚，纸里包不住火，可这不是火，如果向往自己想要的生活，别人有什么权利阻止你，又怎么能阻止得住。

所以，以求学、结婚、离开这里、回到原来的地方、想好好休息一阵等理由，都应该归为个人原因。个人原因，比什么原因都个人，比什么原因都像原因。

比起找一个理由，消失不见，说真话更有个性和有种。走你。

## 少女的诱惑

我的发型师叫威廉，是的，这年头没个英文名字都不好意思给人理发了。但他和别人不同，他从不让我办卡，也不指责我的发质，我高高的发际线也不在他的评价范围之内，他更像我的一个朋友，没有废话，对我的头发了如指掌，我说："差不多了吧。"

他说："少废话。"我说："是不是可以往上梳。"他说："不可能。"

以至于，每次路过三里屯，我都要把头发整理一下，免得被他看到，会当街用发泥重新抓过。

他就是这样一个特别的发型师。他给我剪着头发，突然说："你说，人的感情真是没办法啊。”他有软软的广东口音，发色微黄，打理得很精巧，说这话的时候，他整个人变得有些柔软。我乐得做个听众，说：“我正好在写书，你把你的故事告诉我吧。”

之后在整个理发的过程中，他都用低沉缓慢的软软语调，有时候他停下来，看着镜子中的我，有时候他摇头苦笑。

他很认真地说：“我2006年6月25日和她认识，2010年7月22日和她分开。”

故事大概是，他在广州的时候，已经有了一个女朋友，买了车子，买了房子，准备结婚了。而后，他在湖南工作的时候认识了少女小姐，少女小姐那时还真的是少女啊，十六岁，一来二去，熟了。在她未熟之前，他就爱上了她。是的，他爱上了一个未成年少女。他决定等她到十八岁，然后和她开始真正谈恋爱。少女小姐未谙世事，高中虽还没有毕业，却也懵懂地知道，这个男人对自己很好。他们默默相处，他天天接她放学，送她回家。爱是包不住的，他的未婚妻知道了，闹到学校里，全校都看了过来。他冲过去，失手打了未婚妻，结果当然是一拍两散。

时间过得真快，少女小姐转眼到了十八岁，考到北京学音乐了，家里人也知道有这么个发型师男友，倒也不怪，甚至欢迎他到家里做客，她妈妈说：“你要真爱我女儿，就到北京去陪她吧。”

他卖了车，卖了房，辞了工作来到北京，从头开始。少女小姐开始学音乐，在大城市里渐渐找到了自我。有一个暑假，也就是在 2010

年，他在辛苦加班，接到了少女小姐的电话，她说："我们分手吧，我觉得你给不了我想要的生活。"他呆住了，不知道怎么回事儿，又想起少女小姐的同学们那些各色男友，那些名车、名包、名旅行胜地。他放下手机，突然没有了力气，他想起少女小姐高考的时候，他一直陪着她的那个夏天，看着手上的碎头发，心也断得一截一截的。

动静很大的爱因为过分努力就显得分外真挚，这也让当事人很难走出来，可最不公平的事儿也莫过于此，你的努力程度和你可获得的从来不成正比，还没有办法去申辩。那些爱的证据只和你自己有关。你无法要求什么，更不能凭此继续往前走，这在商业社会里唯一不可用估价来对待的东西，所以才珍贵。

他认真地等她长大了，她却用她的长大放弃了他，他回到租住的地方大哭一场，然后继续对女孩关怀备至，像什么都没有发生。女孩禁止他去学校，禁止他出现在任何可以见到她的地方。他只好辗转地寄东西给她，每天都发同样的短信，然后一剪子一剪子熬过了失恋的时光。

故事就是这样狗血，他和每天在北京失恋的几万人并没有什么不同，只是少女小姐并没有像其中的一些人一样被他的真诚所感动，他只好慢慢地学习放手。生活倒是越来越好，手艺也越精进，然后又有一个女孩走进了他的生活，我们叫她垫背小姐吧。

垫背小姐点儿不背，她出现得恰逢其时，正是他伤心刚刚收尾，呼吸变得正常的时候。于是他们快速地在一起，火速地相爱了。他们同居的时候，赶上少女小姐要出国的前夕。有一天傍晚，少女小姐突然出现了。这个时候，他站在路边等着新女友从便利店里出来，少女小姐穿着红裙子，袅袅婷婷得像没有长大过一样，只是头发被风吹起的时候看得出有一些憔悴，她说：“我们是不是还可以在一起呢？”他站在那里，手攥成了拳头。然后，他看见新女友出来了，他说：“谢谢你，再见。”然后，他和新女友回家去了。

垫背小姐说：“你情绪怎么有点儿不好呢？”他说没什么，刚才碰到了一个骗子，穿得那么干净。垫背小姐不以为意地把买来的东西一件件放到冰箱里。那一刻，他的心又满又空。

后来少女小姐去了法国，威廉继续在北京剪头发，他每周日踢一次球，周一埋头大睡一天。他站在理发店里，很瘦，背有些微微地驼。他说：“我常常去她的微博看看，然后把她的新照片下载下来，我还是爱她的吧。”

我说：“是啊，那你悄悄关注她了吗？”“不，我怎么会伤害现在的女朋友，但是，现在如果让我回到十六岁，我还是会做那样的选择，我一点儿都不后悔。”我没有问他后悔不后悔，他安静地剪完了我的头发，然后说：“真棒。”我没有告诉他，他面对的就是一个有更多选择的少女，她经历的与他在一起的时间，正好是她触角伸向这个世界的时候，而和整个世界抗衡，一个理发师显然是不够的，当然，一个国王也不够。

我没有要揭穿什么，垫背小姐永远都不要知道真相好了。每个你身边人的心里都可能有一个过不去的人，但这也不代表什么，这和他的遗传病、身上的痣一样，随着身体而来。其实也许那只是一个过不去的情结，他懂得珍惜你就好了。你若说他选择，他在便利店外就已经选择了，固然那选择也许和爱情并无关联。

我突然觉得这样也挺好的。有一次，我恋爱中突然心情沮丧，为一个人而影响自己的情绪，这真的是我所擅长的。后来，我抬头看了看办公室里和我年龄相仿的忙碌的他们，他们似乎心无挂碍，也很容易开心，我不行。我被这份感情的沉重压制住了，后来感情不了了之，我又找回了之前的我，突然明白，妥协也是一种方法。

每个人都会妥协，这种妥协有时候是无奈的，有时候却很正向，放下一个不爱自己的人重新开始新生活是一种美好的妥协。我想，妥协只是顺应着自己的需要，让自己过得更舒适一点儿罢了。当然了，怀念过往也是为了印证，现在的我，还好。

## 少年之心

昨天，我酒后鼓励一个好友做一件勇敢的事儿。之前她神秘地电话我， 问我在做什么，能不能见面。我说在忙，但隐约觉得她有点儿什么事。后来，我知道的时候内心澎湃了，然后立刻给她打电话，大声地说：“赶紧吧。”

是的，她想立刻放下工作，和那个法国男友到法国去。

在我们相识的这么多年里，从同样对未来茫茫无知的小孩儿到现在，我们偶尔联络，偶尔消失在彼此的生活中，像两个不认识的人，可每逢有重大决定，我们又总能找到对方，这次她电话我，算是告别。

后来，我们在三里屯吃了顿简单的饭，她还是挺好看的，像没长大，除了英文很好。在我们不见的这段时间里，她很迅速地搞定了法语，我让她用法语向我解释迟到的原因，然后我们两个人笑得不能控制。

时间真牛逼，我们越来越像我们想要的样子了，我也不知道她这一步会怎样，但在长长的人生里，这算是一个改变生活常态的大事件。大事件不可多得，做下决定之后，人生可能完全不同，你不知道会遭遇什么，也不知道会碰上谁，可这，就是人生的妙处。

如果在三十岁后彻底变身二逼青年，我也没有遗憾，因为太多规范让我的从前回首起来很没有点。于是，最近我都化成观世音在各处赈灾义演，大致的意思是，你想干什么就干什么吧，然后吹一口仙气，用玉净瓶里柳枝蘸水点一点。还有什么比这个时候更好，你有中年能量，欠的只是少年之心。

大概每个人来到这里都带着各种目的，只是走着走着忽然忘了初衷，也就低眉顺眼地被事实逼成了父亲母亲。留在我身边的大多还在坚持着，对爱有着幻想，又在和自然规律较劲儿，这显然是需要支撑的，可那并没有什么不好，只是没有人大声告诉他们。

我也常常害羞，以至于抒情都要关上至少两道门，大声喊出爱意很丢脸吗？确实，那种感觉就像，你光天化日之下在家乐福描了眉眼，演起了话剧。而后，迅速被穿着波司登的人围观和调笑，即便那喧闹毫无价值并且草率，也足够你脸红，大多人把“操你大爷的”“我他妈的是个傻逼”当成了常用字句，柔软一下的时候自己都先抖搂一身鸡皮疙瘩。是呀，一旦长大，就不能喝多，也不能说梦话。

昨天，我的另一个好友发微博说：我们终究不能泯然于人间烟火。我在内心大力鼓掌。看那段话的时候我又想起老房子里刺鼻的葱花儿味儿，在炝锅之后，孩子奔跑过来摸进围裙里要零钱闹哄哄的。这如果不是你想要的生活，为什么非要去做。

不想要烟火，就不要烟火。想要锅，就要锅。最惨的不是炒菜的那个，是想炒菜又在西餐馆里切牛排的那个。

有好友失恋，我就愿意大放厥词或者静静地陪着他们，一旦有人跟我展示真实面目，我就分外珍惜。一旦有人哭起来，我就让他哭完。他说我只是想找回我爱的人而已，我就帮他找回。这是一种非常刻骨的正能量，比起收敛伤口、假装坚强、面无表情，不知道好看多少倍。以后如果他真的获得了，我又由衷觉得，勇气，真是一件生活的必需品，真不能收起来。

我还鼓励别人表白，鼓励人分手，鼓励人离职，鼓励人做各种事情，前提是他发自内心。压抑欲望是最差的人生格局。不打破，就陷在雾里了，而所谓碰壁、羞辱、嘲笑，比起你醒过来重新走起，又算个屁。

我没有列我想做事情的清单，那些“一、二、三”有凑数的嫌疑。我只能让我尽可能清醒，首先，知道自己想要什么；其次，去做；再次，承担可能的任何结果。

我的书完稿的时候，这个朋友已经离开北京了，她在微博上更新了一张照片，看起来海阔天空。

## 老板的真心话你的大冒险

老板又在例会上骂了我们部门的考勤，我焦躁得几乎要跳起来。下午在部门的例会上，我又骂了人家的考勤，我也看到有人要焦躁得跳起来， 这种身份反差让我非常矛盾。我，难道不是在用我所抵触的方式与员工沟通吗？所以我加了一段我的心里话，那就是考勤永远都只是管理手段，不是管理目的，在业绩不好的情况下我们才会检查原因，这个原因很显性，所以才被拿出来说，业绩好的情况下就不会顾及这些细节。当然，业绩好的时候你会发现，考勤也不错，这是一个逻辑。

第二天，考勤变好了，大家很积极地在工作。而后，我接受了一个采访，标题是“老板说给员工的心里话”。我侥幸被当成老板采访了，这要让我妈看到她得多高兴。当年，我还在电视台工作的时候，她以在电视上见到我的名字为荣，拉上邻居亲戚集体观摩片尾字幕的事儿她也不是没做过。等我年龄越来越大，淡出制作团队的时候她又以我的职位为荣，常年大声当着几个暗自较劲儿的姨妈面大声问我管了多少人，我之前还总是避讳，后来为了满足她那点儿可爱的虚荣心，就大声说：150 个。

但在公司，我很排斥我的员工喊我老板。有一天，我的助理字正腔圆地喊着："老板去开会吧。"我背若芒刺，觉得真正的大老板会杀将过来，像治年羹尧一样把我派到边陲看大门，我不好好看就赐死我。所以，我一般都称手下员工为同事，布置任务时我也常说，我们要干什么之类的。

所以，其实我的心里话是：我们一起奋斗吧，我也是有老板的人，好吗？

当然，心里话不止这些。我和采访我的姑娘磕磕绊绊聊了很久，她又思考着给我罗列状况，我越回答越发现，老板来自火星，伙计来自金星，还真是不同物种。

比如，老板的情绪。

我的老板是一个好老板，但每逢周一例会，他就会眉头紧皱。若是在古代，他该是陈建斌扮演的那种苦兮兮的皇上，除了安内攘外，还发现后宫妃嫔各个獐头鼠目、有碍观瞻，要拉出去一个个打板子或者除之而后快。我深深理解着他，所以我常扮演他的翻译，帮散会后留下悲愤眼泪的姐妹们揣度圣意。

第一，他不会刻意针对谁，因为真的没有那么多工夫。他只是站在他该站的位置，看到了也许我们没有看到的问题。

第二，听他说话的时候不要听他的语调和情绪，要听内容。用新闻的角度来看待，就可以把他的恼火甚至刻薄缩写成一个标题，如果这个标题对我们有帮助的话，听他的吧。

第三，他对一件事儿的反应不是由一件事儿造成的，是一堆事儿的叠加。所以，当我们面对一个部门有多难的时候，他面对的是一堆部门的难。我们当然不要去试着理解他，那也是他应该做的，我们只要知道，他不是因为一个单独的我们而发飙就可以了。

第四，他批评的部分如果被我们理解成应该批评的，他没有批评的那部分我们就该理解为他赞同和表扬的，这样思考问题对他和我们都很好，只是我们很少愿意这么想罢了。

第五，他不是为了我们开心而存在的。其实世界上任何一个人都不会对我们的开心负责。

第六，他在责备我们的过程中，他也真的生气，因为一个老板是真的不想跟员工说那么多话的，他希望只交代任务，等待结果，这个过程中他的心里话其实是：别烦我。

有一天，我看到了老板头上的几根白发。有一天，我的同事在我的耳边也发现了白发，我坐在他的座位上，在同一个大会议室里，给部门的同事们开会。然后，我突然理解了他和他说的那些话。

我想，我真的成熟了。

我也真心地想说：我很需要我的这些同事们，我看起来跋扈骄纵，这也全是他们惯的。我的真心话其实就是，我也很需要你们，即便我骂你们的时候。

这似乎更像是自上而下的老板姿态的一些总结，显得我好狂妄。但事实上，也是同样身为员工的我的一次非常好的职业自检，我愿意更好地去思考老板真心话的意义，所以我决定关掉文稿，把明天例会的内容准备一下。

## 人的第一区别就是脸

我常编造一些不负责任的数据，比如，好看的人，可以省百分之二十五的力气。

在爱情里，也是如此。这是多么不公平，面貌姣好的人散发着对异性强大的吸引力，他们更容易得到帮助，容易通过照片泡到妞，照片也不用 PS，他们不用花钱整容，不用大剂量使用护肤品，非常省钱。

所以，我常让办公室里长得好看的人换水，反正他们长得好看做事也省力气。

而事实也确实如此，好看的人换的水，似乎就更好喝一些。“第一印象”，这简直是每个有脸的人必须面对的人生课题，就是要以陌生人的身份，经历人生中一次又一次的第一次，完成由长相、身材、气质、谈吐构成的印象考试，并尽量得到最高分。事实上，长得好看是真占便宜的，虽然我们都由猴儿变成人，但在逐渐进化的过程中，我们分了种族、血统、高度甚至身体能力。我们不得不接受我们无法选择的鼻梁、眼皮、酒窝、腮帮子、高颧骨，以及皮肤、头发、瞳孔的颜色，还有其他更多来自 DNA 的一切。若说不公平，这是生而为人的第一个不公平。当然，作为生产厂家，父母对你表示非常满意，在你漫长的儿童期，你很难听到真相。即便你拖着一百千克的身体，或者有一副很难令人产生兴趣甚至不忍直视的面孔，他们也毫无保留地爱你，并表示：我的娃，真美。

这是人生需要揭穿的第一个残酷事实，就是你并不如你父母说的那么美、那么出色、那么聪明。亲妈带来的浓浓母爱和并不准确的审美观，让我们毫无顾忌地安全长大。当然，在八岁之前，我们对美丑，甚至性别都无概念。我们的羞耻感来自于家长的表扬或者抨击，沮丧也只是短短的半个时辰。而八岁之后，我们开始知道脸的珍贵，直到我们偷偷喜欢上第一个人，“我的娃真美”的幻象就此打破，人生来就有区别，第一区别，就是脸。

不过我也相信，同样普通的情况之下，一张完整的脸和另一张完整的脸并没有本质的区别，但它为什么会带给人不同的感受，是因为这张脸背后的历史造成的。我们把它叫作教育背景或者成长经历。同样的脸被现实操控而呈现出不同的意味，这就是谢霆锋和山寨谢霆锋的区别。残酷的是， 它并不受控，当你意识到的时候，已经来不及了。

再这样写下去，我想我会因行文过于枯燥而失去一些读者，所以我还是说些真事儿吧。我常常面试别人，金牛座有着敏感独特且固执的审美观，常信直觉，又容易以貌取人，所以我并不常将自己置于此种身份，但我实在难以拒绝一个“第一印象”让我觉得好看的人。

我觉得做到好看并不容易，我早过了迷恋黄金比例的年纪，也不再有偶像，海报里的脸并不足以吸引我。所以，对不起，实话说白岩松在我眼中，比余文乐更好看一些。好看是综合指数，好看也是美的质量体系认证系统。

So，好看的并不是脸，更不是妆容。我们不活在只靠单一表情存在的二维世界之中。我也庆幸于此，一个好看的流动的有声响的人，大概就是有一张干净的脸，有单纯的直接敢于直视对方的眼神，整齐的牙齿，干净的头发，口气清新，微笑让人轻松，服饰简单自然与自身形象气质不冲突， 还有他说话的方式、语调、声音、表达的观点，好看是这些元素叠加出来的综合效果。

是的，综合效果。

最近我在面试主持人，这是一个靠脸吃饭的工作，这么说并不准确，那不仅靠脸，还靠脑，还靠体力，还靠同理心。所以说起来，那是靠整个人，这个职业简直是好看的最高标准，分外严苛。

在他们投了简历之后，被通知来到考场里，对面坐着我和几个面试官。他们走进来的那一刻自然是有外表的分数，而后被分镜头拆成各种细节，比如妆容，搭配的服饰，身材的比例，甚至小腿的弧度，再次是面对并不算刁难的问题，处理突发的状况，背临时指定的资讯内容，临时应对一场被要求模拟的主持，等等。

所以，我自然不会忽略他们的外表，我会挑剔他们千人一面的大刘海儿，鼻翼上溢出的油，有点儿随意梳起的凌乱头发。我也会介意他们未经熨烫的皱巴巴的民族风衬衫、刻意露出并不好看的锁骨的礼服，以及看起来很不和谐的大蝴蝶结。我更会在意他们的谈吐，对待面试官质疑时的反应，描述环境时不注意细节的致命漏洞。

我真是个操蛋的面试官，可世界标准比我还高，还操蛋。我和他们， 都没有办法改变。

一个好看的人，外表整洁，一定是有良好的卫生习惯；服饰自然和谐，一定是有正确的审美观；表达观点简洁明快，一定是读过适量的书；而直视对方，微笑，适当的倾听，也可以看出他对待事物积极、客观的态度，并且心怀善意。

所以，好看并不是一件容易的事，有钱也很难办到。那些雷暴了我们，在视觉上给我们冲击的人，往往会让我们记住，却很难赢得我们好看的评价。

而如果一个人好看，必将减少被拒绝的机会，必将得到更多人的帮助， 必将有升迁的机会，甚至会在吃同样套餐时多得到一个卤蛋，并因感恩这些善意的帮助而变得更好看。

好看，是我追求的人生境界，即便会有皱纹，但也不大腹便便，不破罐子破摔，保持整洁，保持向上的姿态。好看的人，肯定不会堕入难看的世界。

让我们做外貌协会吧，深度的。

heliophos
GALINI OIA
Maria's Place
AMBELIA
of Traditional Settlement
of "Finikia"

# Part 8

## 遭 遇 怪 咖

## 乃敢与君绝

紫薇小姐没有来北京找爹，她妈也不是大明湖畔的夏雨荷，她被称为紫薇小姐是因为她被尔康先生爱上了。尔康先生也没有大鼻孔，但他会攥住紫薇小姐的手大喊“为什么，为什么，为什么”，脑浆被晃成豆腐脑的紫薇小姐也不知道为什么，觉得他有暴力倾向，跟他分手了。他就此消失，不见。

紫薇小姐后来才想起自己的驾照在他那里，就打电话想把驾照要回来。他说：“你是外地驾照，要不给你办个北京的吧。”她想着尔康还真是有情有义，就说：“好吧。”过了两天，尔康打来电话说：“那你得把身份证给我啊，不然没法办。”她就把身份证快递给他了。

随后，尔康再度消失不见，电话不接，短信不回。紫薇小姐以为他死了，可你知道微博是多好的记录人成长的工具啊，紫薇小姐看着他更新的状态是上午十点钟。她哀叹了一声，坐在办公室里心急如焚。尔康，不会把这个当成报复吧，她一个来北京工作的妙龄女子，身份证、驾驶证都不见了，怎么证明自己是谁？

尔康算是一个能证明她是谁的人，在与他相爱的六个月里她被充分地证明作为一个女人被爱的价值。当时还是男友的他，抱紧她，鼻息打在她的肩头，皱紧眉头说："哦，我爱你。"说这句话的时候就像饮下一杯苦酒，像在品尝一顿难吃的饭，但他真的是爱她的吧。因为他抱得太紧，以至于紫薇小姐觉得要被勒得昏死过去。她吃力地说："我喘不上气啊。"对方说："我不要你喘不上气，我不要你喘不上气。"

说罢，他勒得更紧了。

以上只是我猜想的画面。现实是尔康好的时候真的非常好，糟的时候让紫薇小姐猝不及防，特征之一就是他会突然发怒。比如紫薇小姐吃饭的时候不小心滴到地上一滴油，他突然怒火中烧说："你到底爱不爱这个家？ 你怎么可以这样呢？你到底爱不爱我？"紫薇小姐一边擦地一边解释说："我不是故意的，我爱你啊。"回答完了，她也觉得自己很㞞。可在他庞大的怒气里，她显得好像真的不够爱和不够珍惜噢。

他们再次吵架是在香港。他们一起逛街时，紫薇小姐突然发现了TVB 的某位男艺人。女生有时候犯三八就爱在撞星后，指指点点。当她指给尔康看时，尔康暴怒了，他再次擒住她说："你跟我在一起，为什么还要看别的男人？为什么，为什么，为什么？"紫薇小姐吓呆了，赶紧逃出店说："那我们去喝茶好不好。"好死不死的是在喝茶的时候她又溅到钱包上一滴茶，那是尔康送她的噢。尔康突然又暴怒了，说："你到底爱不爱我？我送你的东西你就这样糟蹋？"一怒之下，尔康转身离店，紫薇小姐结了账，狂跟着说"对不起，我不是故意的"。尔康脸色铁青，一路闷声不语地坐地铁，回到了深圳，紫薇觉得自己摔碎了爱人祖传的玉，恨不得自废手脚如霍金般生活下去，这样目不斜视、手不碰到任何东西，大概可以让尔康满意吧。

尔康后来还是原谅了紫薇，他爱她那么深。在原谅她的同时，又深深感动了自己，他抱紧她说："永远不要说这样的话，哪有什么错不错的，我只是觉得我太爱你了。"这个时候，他的眼中泛出一些星星闪闪的东西。紫薇茫然了，这是刚才发怒的那个人吗？尔康说："好啦，不生你气了，那我送你的礼物，你是不是要发微博啊？"

紫薇的微博里常常出现一些感恩的话，以致后来她很多朋友都取消了对她的关注，主要是因为那些话实在太肉麻。比如在吃一碗炸酱面的时候，她会说："谢谢上天把你赐给我，你是给我做饭的第一个男人。"比如拍一个戒指的特写，她会说："哦，我爱你，谢谢你在我身边。"

她后来发誓说绝不是她自己发的，是每当尔康送礼物或者做了一些什么，就各种明示，暗示她用微博的形式表现对这些好的庆幸与感激。她又不善文字，于是写出了很多奇怪的话。她说："潜力无限啊，妈的，老娘再跟他在一起会被逼成安妮宝贝的。"

紫薇选择离开尔康，尔康的“山无棱、天地合、乃敢与君绝”和楚楚的眼神，让她时时觉得自己身处湖南卫视，无法自由呼吸。分手的时候， 尔康内心一定非常难过，他缓缓摇着头，看定她，嘴唇一张一合像濒死的鱼。他觉得自己苦心经营的爱情一朝梦碎，怎么可以这样！怎么可以这样！怎么可以这样！在他喊出排比三连拍之前，紫薇小姐拿着包冲出了家门，她怕他戏剧化的怒吼，而后握紧拳头打碎玻璃，血顺着拳头滴下来，他会对着镜子大哭起来。她唯一的疑问是，尔康先生到底是看着什么影视作品长大的。

跑出家门之后，紫薇小姐奇怪地笑了，耳边竟然响起了《还珠格格》的主题曲，动力火车撕心裂肺的“啊，啊，啊，啊，当山峰没有棱角的时候，当河水不再流”。

紫薇冲进出租车，猛力关上了车门，师傅问：“姑娘你去哪儿啊。”当时阳光刺眼，师傅的北京话让她觉得好亲切，她说：“哪儿人多去哪儿。”而后，她看着窗外，流下了几行眼泪，是喜悦还是难过，暂时分不清。尔康该会找到一个中戏的女朋友吧。事实上，生活里很多人把爱当成了一种程式化的带有戏剧色彩的浓烈游戏。在爱你的时候充分感动着自己，只不过尔康表现得过于明显了一些，以至于每一次付出都像一次充满欲望的索取，伸出一只手给的时候也伸出另一只手讨要。紫薇无法承担这些爱带来的压力，也无法跟尔康讲明白：爱，不是一种交换，更不是强迫为爱的感觉而爱。从另一个层面看过去，这个故事也有意义，如果我是尔康先生的朋友，或许我也觉得这个紫薇小姐过于冷血无情，过于不知感恩，甚至觉得他用情过深却没有找对情感对手。尔康伤心地离开了，他多难过啊，边难过边感动自己：我用情如此，却为何如此。到最后，他也不知道，紫薇小姐爱他，还用了各种各样的方式适应他，甚至为他还学会了写诗……

他注定是一出悲剧，一爱就是一出悲剧。我好想帮他，可惜我不是他的好朋友。

所以，他拿了紫薇小姐的身份证和驾照，到底去干什么了？到底什么时候还啊。

我也想攥住他的肩膀，用力摇晃着，说："你到底想干什么，干什么，干什么？"

## 家门钥匙不给别人

常配钥匙先生，又一次被锁在了门外，他打电话给我说：“把我的备用钥匙给我，好吗？”我说：“你上次已经拿走了啊，怎么又丢钥匙了？”他说：“是。”然后，他恼火地说：“妈的，关键是我刚分手，另外一把钥匙被她拿走了啊。”

这就是常配钥匙先生常有的悲剧，他简直是锁匠福星，配钥匙专业VIP，一是因为他大大咧咧地老丢钥匙，二是因为他常把钥匙给别人，确切地说是，给爱人。他的魔咒就是，那些一旦拥有了房间钥匙的人，之后就带着钥匙消失了，且，大部分时候是他跟人家分手。他则重新配上一把钥匙，等着那些要住进来的人，以至于门口的锁匠看到他，立刻起身招呼："配钥匙啊？"

常配钥匙先生坚定地说："不。"

接着他说："我换锁。"每个人都有一个绕不开的魔咒，尤其是当你发现它时，它就会立刻证明给你看。我年轻的时候，有段时间，但凡要出去旅行必然感冒，那比要去泡温泉必来大姨妈的某些女生还要准时。后来，某次我强行自己次日立刻起身，不做任何计划，才扳回一局，我赢了。后来我都是旅行之后，必然感冒。常配钥匙先生文质彬彬，媒体人，读书写字，很容易恋爱。当然，你也可以说他感性，他的每一段感情，都以"太震撼了，我们简直是天造地设的一对"开始，以"她就这样带着我的钥匙离开了，也许我们真的不适合"结束，循环往复。上天为了他，天造地设了很多人。我愿意这样描述他的人生，那就是——寻找陌生人的一生啊。

说到他的魔咒，他也常常不解。他居室整洁，生活作息良好，他始终找不到理由，为什么一旦入住，那些被他用极端词汇所描述的感情，那些天造地设的简直是为他定制的小可人，一经落地到他的大客厅里立刻价值减损，难看得就像喝完的红酒瓶子，要扔之而后快。常配钥匙先生坐在换过锁的门厅里流下了一滴热泪，他也是在第 N 次换钥匙之后才突然明白这魔咒背后的终极密码。一段感情的热度原来是会终结在生活的琐屑之中的，而他这样一个独立惯了的人，无法承担原装生活被侵入和打破，像看到两只牙刷靠在一起，待在洗手台上，像睡迷糊了不知身在何处，突然被身边的人吓了一跳一样，他原来只是适合谈恋爱，而不适合过日子啊。

这样定义似乎过于武断，但不能不说，人类的生活随着便利店的无处不在及物业服务的相对完备，让我们对另一个人的需求越来越小了。就像常配钥匙先生的理论，除了心肌梗死无法自己打电话求救之外，我们似乎不需要另一个人对我们有心灵之外的更大帮助，更残酷的是，我们也在这些便利中逐渐变得自立自主，有自己就行，好像什么都可以不需要一样。

常配钥匙先生和爱人坐在房间的客厅里，保洁阿姨刚刚来过，没有家务活儿，衣服也洗掉了，晒在阳台上，还有淡淡的香气，狗被料理好了，比萨刚刚送过来了，还有一些余温。他们安静地吃了个饭，在沙发上开始看碟，看完之后次第地去洗澡，而后睡觉。

常配钥匙先生发现自己突然厌倦了，原来他们在彼此侵占的过程中， 并未得到更多的交互，恋爱带来的快感在可以面对面、肩并肩坐在一个沙发上吃一个比萨的片段中被碎片化了，除了做爱方便一点儿，可怕的是， 搬到一起住之后，因为做爱的唾手可得，他们做爱的次数减少了。长时间面对面，让新鲜感消逝，更何况还有日常生活带来的一些问题，比如：作息时间、生活习惯、大小便频次，等等。哦，这真让常配钥匙先生沮丧，原来之前我们那么多的一样，经过生活的放大镜比对发现却是如此不同。

常配钥匙先生找到了魔咒的根本问题所在，一个可以随意打开你家门的人，终于要和你混成同一屋檐下的家人，而享受爱情中最明显、最刺激的感官心理那部分的他，无法面对这样的结果。所以，带着钥匙的爱人们，一个个，被说再见了。

这不适用于所有人，但至少适合常配钥匙先生那样的人，他们的爱那么自我，说好听点儿，是纯粹。他们很难容忍爱里的其他部分，他们就像只吃西瓜尖儿的人，只愿享受爱情里最甜蜜的部分。他们也没什么错，但至少他们不适合同居。

常配钥匙先生，目前选择独居，以约会的形式在交往着一个新人，目前状况良好，钥匙没有再丢，门口配钥匙的摊儿，也不见了。

当然，不是因为常配钥匙先生，据说，摊儿主恋爱了。

## 易碎品不要空运

大家都坐过飞机，当携带物品需要托运的时候，都会交代地勤小姐贴个玻璃杯的易碎便签，以防运输中转中遭遇野蛮装卸，以上是背景知识。

女主角叫跌宕小姐，跌宕小姐的人生好跌宕，她又高又美，人在广州，小麦肤色，看起来很健美的那种，且眉目疏朗，很容易开心的样子。可悲惨的是，这样的女生很容易跟男人处成哥们儿。男人的眼光，确实匪夷所思，有些女的长得真的难看，可常遭艳遇，跌宕小姐，则常是空窗。

她也有过艳遇的。她曾在地铁里和某个衬衫男四目相对，突然有种天雷地火的感觉，下车时，她很骚地撩动了下头发，又垂下眼睛从衬衫男旁边擦身而过，朱唇轻启说了声“唔该晒”，就扭动着下了地铁。

那情境相当做作，可衬衫男还是跟了出来。他站定了，气场稳定，眼睛黑黑的，眉毛整齐好看。他问跌宕小姐要名片，明显有些紧张，声音略略颤抖，跌宕小姐打开挎包，她们这样的女生总有无数的东西要装，名片夹却遍寻不见。这个时候又慌乱，伸进去的手带出来一包东西，衬衫男赶紧蹲下身去捡，瞬间像被点了穴，呆住了。跌宕小姐定睛望去，世界停止转动吧，外星人你们此刻发动攻击，好吗？她默念着以接受脑中那一道闪电，那包东西，是临上地铁时被免费派送的——杜！蕾！斯！

时间凝固了，故事当然跌宕了，男生匆匆要了名片，消失在人海。后来，跌宕小姐没有接到任何电话。上段讲述的只是跌宕小姐的故事之一，和这篇主题无关，只是特别想让你了解，嗯，她就是这样一个跌宕的人。跌宕小姐新近被介绍给了澳门仔，澳门仔其实家住在珠海，但在澳门工作。故事的开头并不跌宕，被介绍的时候，跌宕小姐正经历完一段跌宕情感，适逢空窗，两人一见如故，不曾提爱，也不曾提是否要爱，就这样， 密切地保持着电话互动。

终至挡不住要见面的那一天，澳门仔约她到家里吃饭，哥哥、嫂子、爸爸、妈妈还有侄子，一大家子人其乐融融。两个人在澳门仔的房间里聊天，整面窗户都打开了，他们闲散地说着话，吃着切好的西瓜，站在窗口看下去。跌宕小姐陷入一种莫名的安定中，风扇默默旋转，楼下小婴儿在咿咿呀呀，澳门仔温和单纯地笑着，这一切似曾相识，还是她曾经想象过的？跌宕小姐无法判定。

跌宕小姐被留下来过夜，当然没有和澳门仔同床。事实上，澳门仔还没有正式向她表达过爱慕，她躺在澳门仔的大床上看着窗外的星星，安静地睡去。这一夜，很平静。

第二天，澳门仔全家穿戴整齐，带着她去看新买的大屋，她被家人簇拥着像刚刚被娶进门的新媳妇。她也有一种错觉，甚至进屋时要摆出儿媳妇的姿态，低眉敛目，让大人们先走。婆婆，哦，不，澳门仔的妈妈看向她，眼中似有深意噢。她把头发别到脑后，不好意思地涨红了脸。

她记得当天还和澳门仔打趣，两人躺在新屋的大床上疯狂地说话，偶尔手碰到一起又迅速分开，她脸红了一次又一次，觉得，格外美好。

回到广州，他们微信更加密切。到端午假期的时候，跌宕小姐正好和好友吃饭，这男的和她无话不说，以至于她一直当他是姐妹。可当天真的是端午节的缘故吗？男的突然望向她说："我好喜欢你，每次看到你像烧着了一样。"跌宕小姐被跌宕撞晕了："可你不是喜欢男的吗？"

对方说："当然不，我喜欢你啊。"跌宕小姐结巴了说："可我已经和澳门仔在一起了啊？"对方说："不可能啊，他在哪里啊？"跌宕小姐脑子瞬间短路，她说："现在他就在家里等我啊！"不知道为什么她脑海浮起一丝不祥。她想起小时候和小伙伴吵架，别人说有哥哥，她说我也有的那一次，小伙伴起哄说，那你带出来看看啊？她带不出来，所有人开始起哄。她哭得非常惨。

对方没有让她带出来，她逃回家了，觉得自己要被看扁了，就削了两个桃子放在桌上拍了照，还赋诗一首说：桃子有人削，鸡翅也可抛。按下发送键的时候，她都相信那两个桃子是自己男人削的了，暗暗得意，觉得自己赢了。

而后，她接到了澳门仔的微信质询，他问谁在她家。她才意识到微博全世界都看得到，澳门仔也没说什么，只问她是不是喜欢他，她说："那你呢？"澳门仔说："不知道，你别玩我，好吗？"她说："我是拍着玩的！"澳门仔说："你编啊，继续。"跌宕小姐有了怒火说："信不信由你。"澳门仔丝毫不恐惧，他说："是由我，我对你没有任何喜欢的感觉，你好好生活吧，我们没有可能。"

跌宕小姐又一次悲催地，一动心就跌宕了。

后来，她对澳门仔进行了背景调查，他只谈过一次恋爱，分手原因也很具体，就是，和女友去看电影，一个人说看这个，一个人说看那个，女友提议各看各的。他就和女友分！手！了！

好吧，我确定跌宕小姐碰到了一枚易碎品，他们天生敏感、纤细、容易感受到被忽略，或者自尊轻易就受到严重挑战，他们有一些固定格式来定义感情，包括对方的行为、举止、某些选择。一旦他们被触碰，就哗啦啦地碎给人看，他们真该被贴上玻璃杯的标签，轻拿轻放，最好由直系亲属保管，像跌宕小姐这样重手重脚掏名片能掏出安全套的人，怎么敢持有他们呢？那可真是禁不住碎啊。

为跌宕小姐躲过一劫，举杯相庆。

## 苦肉计

我可怜的好朋友们，在感情里大多是Loser，概括一下就是：自己是大奶的，总被小二击败；自己是小二的，又都斗不过大奶。（当然，这里的小三和大奶说的都是在爱情阶段里的，我赞同结婚是一种协议，签字画押之后，应该履行协议。）

一个好友跟我抱怨说，自己真是做不到梨花带雨，凄凄惨惨，也做不到一哭二闹三上吊，总是永远不示弱，不陷入不堪状态。我说我真惨，把你们该在情人面前的柔弱和哭诉都负责了，我真是个牧师般的大好人啊。

可那些真是不堪吗？我的意思是，在爱人面前示弱称败并用各种手段达到攥握住对方的目的算不堪吗？有的时候，真的很难说。毕竟，大多数人面对一段新感情的勇敢最后都会毁于旧爱的泪水和撕心裂肺。

我所听过的不堪之最不堪，是一个朋友的女友，我们叫她滚楼小姐吧， 这朋友一说分手，她就从楼梯上往下滚，边滚边哭，这状况多么惨烈啊。金牛座的我设身处地，万分想到现场一探究竟，一个人在一个怎样的楼梯上以何种姿态往下滚，是咣当一下躺倒还是缓缓接触地面，又如何做到边滚边哭？这在回音系统这么强大的楼梯间里，该是怎样一幅画面。

朋友没有做技术分析，只幽幽地叹气。那种状态，像是一个人住在监牢里偶尔被探视，要把苦难和盘托出。这不免让我绝望，为什么爱情最后会到这个阶段，而这样拼命留住的到底又会是什么？ 留住一个人的方式越激烈，难道就越能证明爱得有多深吗？所以，双方是通过滚楼梯完成一次情感梳理，以显得自己在对方心中很重要或者证明自己也很重要？所以，双方都在潜意识中享用了这份隐秘且疼痛的快感？我无从回答这样的问题，但这个朋友，终究没有分手。

对于这样分手的人，我没有任何建议可给。因为这样的方式一旦得到确认，便会一次次重复下去。如果这样一场对垒中，滚楼梯有用，下次自然还用滚楼梯的方式解决，且会逐渐升级，变本加厉，渐渐滚出世界水准，来到世贸天阶滚楼梯也说不定。这些方式也如哭闹、寻死、吃药，以危害个人身体达到对另一个人的绝对控制权，《三十六计》总结说，这叫——苦肉计。

那么，被苦肉计吃定的人，请你们好好回到原地待着，并用心对他或者她，不要再心猿意马，也不要再向别人描述中计后的不舒适、不高兴。我认识大部分的中计者，又频频启动这样的程序，那状态如同不停重播，剧情一模一样。

而实施苦肉计的你们，我表示很心疼，并请你们做好持续苦肉计的准备，你们可以用来做很多事情的身体，却用来滚楼梯或者被刀片划伤、被烟头留下痕迹，你们泪水滂沱地乞求对方的时候，其实已经失去了爱情。他们违背意愿地“留下来”，并不只因你是天边最美的云彩。

当然，旧爱值得珍惜，我从不否定两人在一起后，身体发肤与个人世界无限交集后，那种难以割舍的感觉。但如果，你真的无法以爱的方式与对方相处，或者真的面对一种巨大到要和旧爱分开的诱惑，做好决定，只能选择其中一个，这才是对几方面的尊重。

再爱一个人，我也做不到伤害自己达成所愿。那个烦恼的、皱着眉头、有怨气、身在心不在的对方，也从不会是我爱的人，我的分手都只分一次，我的留下也只因为你太可爱而不是太可怕，我不会因为你要自杀就留下来陪你，除非你不因为我。

甄嬛要被打入冷宫了，她流着泪说：“我绝不会自轻自贱。”完整如你，并不需要舍身卖命去拥有什么，而你的选择比甄嬛可多太多。真爱，不用使劲儿留，苦肉计留下的真爱，都是尿货。

中你苦肉计的，也是尿货。

## 舌尖上的爱情

白眼小姐和男友分手了，我们聚在一起喝酒，她显得很开心的样子， 我躲在角落里抽烟。恰巧这个时候，外边下着不大不小的雨，而我临着窗户，有雨气打进来，夜风微凉，我问白眼小姐为什么会分手，她说：“实在受不了对方一口一个老婆的黏糊劲儿。”

然后，她翻了一个标志性的白眼，像很多次她当着我的面翻她男朋友一样。

一个人会因为过于热衷表达爱意而失去爱情，这看起来真不公平。从某种程度上讲，网络和速食文化的冲击之下，这还真是个要快、要怪、要爱却并不鼓励说爱的年代。

一段因为对方太过形式主义而被否定的爱情，本身就是一种严重的形式主义，可惜白眼小姐不明白，她把甜言蜜语当作毒药，把黏腻当作爱情中最不可忍受的事。我想揭穿的是，她只是不那么爱这个人吧。于是我端起一杯酒，祝白眼小姐找到用鞭子抽她以表示自己衷心的男子，并嘴角坚毅，绝不说爱。

怎么适度表达爱情，这真是件令人苦恼的事情，而"反对在爱里任何表达"的态度却愈演愈烈。那天我看到一条微博，内容描述了一个男孩早上写给一个女孩的纸条，他写道："宝贝儿，我得早起上班，不能等你醒来了，水我烧好了。你起来记得吃药，早餐在冰箱里，爱你，爱你，爱你。"这一篇字，写在被撕掉的药盒背面，显得急匆匆的，却分外醒目。我几乎立刻感动了，只是很遗憾，在这条微博的评论里，我看到了太多的白眼，他们说：真酸啊，真可怕啊，这是"爱你爱你爱你"，还是"受你受你受你"呢。

这些嬉笑几乎构成一浪浪的涛声，瞬间淹没掉微博字里行间流出的脉脉浓情，就像一堆不好好学习的家伙，在起哄笑话一个爱上课的学生。我没有愤怒，只是略微担心，这些留言者若干年后遭遇真情，该如何面对留在床头的字条，是默默收下，还是翻出一个华丽而悠长的白眼。

白眼小姐翻着白眼，寻找不说情话的下一任去了，这真是一种坚定的矫情啊，且在反矫情的掩护之下。

当然，我从不鼓励滥情的表达，与上一条微博对照的是另一条，男孩给女孩留言，在房间里贴满了便利贴。比如苹果上画着小人而说“吃掉我”，酸奶上写着“喝掉我”，电视上贴着“要保护眼睛噢”，电脑上贴着“别聊了，脖子酸不酸啊”，这真是一种过分的令人心悸的表达，如果放在舌尖上讲出来，这将是多么庞大的一个涉及生理学、心理学、动植物、医学的可怕体系。

这让我立刻想起了我公司可怕的行政贴，在男厕大便处娇嗲地贴着“拉完屎要冲噢，厕纸要入篮噢”两个“噢”让我便不出来了，几乎想立刻提起裤子逃走，忘了冲也说不定。

另一个朋友，最受不了说“我爱你”，在他不算长的近三十年的人生轨迹中，他没有跟任何人表达过我爱你，这就像是一句羞于启齿的脏话。当然，他脏话说得很多、很溜儿，我好奇于他用什么来表达爱意给对方， 问急了他就说，都上床了，还有什么可说的。

那些和他上过床的姑娘，一个个离开了他，我荣幸地认识其中一个东北的，对他的评价是：实在无法分辨，到底他是想谈恋爱还是想上床，晕圈了。

晕了，姑娘们好难伺候，表示多了也晕，少了也晕。

So，在不知对方心态的情况下，表达是需要谨慎的，但不表达绝对是不行的，那些情话，将成为日后你怀念的东西。它们真的不多，非常珍贵。

我们多么不善于表达，又多么不善于接收，这些独属于两人的舌尖情话，被我们的害羞打散了，继而在更长的时间里，被生活碾碎，渐渐消失不见。其实它们可用的时间真的不多，可说的人也不多。

名物
大橋

# 故事新编

## 扫把是没有错的

扫把星小姐深爱着一个人，深爱的表现和普通的深爱也差不多，无非是事无巨细、嘘寒问暖，文雅一点儿的说法是把男友当儿子养了，于是男友被称为皱眉先生。基本上她表现深爱一次，对方就皱眉一次，为数不多的几次见面机会里，总觉得皱眉先生并不快乐，眉头拧出一个川字，像个招牌。

皱眉先生是个上进的人，他一直以来的梦想就是当警察，这听起来真像港片里的愿望啊！可实施起来也并不困难，就是要去参加考试，而考试就有失败的可能，不管你做的准备有多充分。可显然，很多人并不愿意相信这样的道理，当一件事儿被期待却没有按照计划成功的时候，我们就要为它找一个失败的理由，皱眉先生对着镜子皱了一个小时的眉，终于找到了自己失败的理由：扫把星小姐的缘故。

比如，第一次考试的时候，扫把星小姐非常关心考试情况，头一天晚上就催他快点儿睡觉，第二天早上明明自己定了闹钟，她却一早就打来电话提供叫醒服务，这打乱了他的起床节奏，导致一天都不顺利。第二次考试的时候，在他强调了不用她管的前提下，扫把星小姐专门订了车上门接，可司机不认识路，导致他进场时间只差一分钟，内心狂跳又没有表现好。

皱眉先生只是皱了皱眉，没有把这些告诉扫把星小姐，她还沉浸在自己的深爱里，对着皱眉先生大喊“加油！你没问题的，不就是两次都没考过嘛”。她像大爱这种励志的剧情，以至于忘了他们俩置身在某个茶餐厅里，皱眉先生的眉再度皱起，他觉得，这一切都糟透了。

他甚至决定不再深爱任何一个人，因为深爱一个人的表现真的……糟透了，他想，那种并不自知真让他难堪。他皱着眉看着扫把星小姐，内心构架了一个周详的计划，他握住扫把星小姐的手说：“嗯，我会加油的，但我想好好地静一静，我们暂时分开一段吧，请你支持我。”

扫把星小姐当然乐得表示支持，事实上，深爱着的那位是没有选择权的，只是扫把星小姐并不自知，于是他们开始了长达三个月的不见面。深爱着的扫把星小姐对皱眉先生保持着持续的热情，日子在“你在哪里，干什么，记得吃饭，多穿衣服”中平滑前行。皱眉先生偶尔才会回复的“哦，嗯，啊”也让她不解，但也没让她觉得必须找到突破口来打破对方的“静一静”，她觉得对方一定因为考试受挫了，并对自己在这个阶段适当退开表示理解。如果人生是一条微博，她一定会给自己这条点个“赞”，而后评论说：你好伟大。皱眉先生的计划正常执行，他终于，瞒着扫把星小姐再度去报名考试，

而后……顺利通过，穿上制服的那一天他决定要跟扫把星小姐分手，打电话给她的时候她非常激动，所以他也没说出口。于是他决定继续自己的计划，说“我还需要再静一静，请给我一些空间”。

扫把星小姐疑惑地挂了电话，觉得爱得大气磅礴的人不过如此，她给对方发了一条长短信说：“我支持你，相信你一定能走出来，我们一起把这段挺过去，加油。”

过了好久，对方说：“嗯。”

扫把星小姐没有受伤，她只是开始有一些坚持的小信仰，比如有一天，她和我们坐在某个快餐厅里为点什么犹豫不决，一个朋友说：“我想吃个甜的。”她凝重地看向对方，说：“以你的五行来看，在这个时辰，你应该吃个杨枝甘露。”

我们全点了杨枝甘露，觉得，扫把星小姐需要支持。

塔罗牌告诉她说，不能和对方分手，对方是爱她的。她立刻就信了。我有很多话对她说，可，我说的显然不如塔罗牌有说服力。

## 像是不需要结婚一样

我最近常常八卦一些老夫老妻的情感状况，像一只尚处于青春期的小猴儿看那些已婚的老猴。他们的状态或因为生子陷入忙碌根本无暇思考感情的状况，或处于停顿期，共通点是他们不再讨论感情。这只是一种日常的需求，像之前的婚姻一样，双方共同享有生活资料以创造更多的价值。另一个共通点是，他们很少做爱，原因无非是天气冷、洗澡烦、工作累，等等。只有我不知天高地厚地说，就是没劲儿了吧。

大奶小姐，没有结婚，但是某个好朋友“意义上的妻房”，地位属于不明觉厉的那种，对，虽然她还不是他们家户口本上的户主，但住在花心萝卜先生家里毫无违和感。我们一落座，她就冲进厨房切出五种花样以上的水果，听我们胡说八道，她偶尔掩口窃笑，偶尔又走进洗手间里拿洗好的衣服出来晾晒。

是的，和所有的大奶一样，她雍容大气，又有一种气定神闲、任谁来挑战的莫名战斗力，更难得的是，在花心萝卜先生臭名昭著的花心史中， 她如定海神针般屹立不倒，各种妖孽兴风作浪都很快过季。五年来，她， 握拳挺立，不怒而威。

也和所有大奶一样，你似乎很少看到她和男人当着众人亲昵，甚至不见他们牵手，偶尔她笑着帮他摘掉毛衣上鸭绒的一根毛，才大概可以被看出这是一个精于照顾别人的人。大奶们看起来像是已经没有基本欲求的人，她们安静、平和、宝相庄严，她们的存在就像只是为了给男人撑面子，她们的控制力又像是八岁小男孩儿的妈妈，就是，孩子嘛，他乱他的，自己该干什么干什么。

其实她们真的爱过，在花心萝卜更年轻的时候，他们相遇在一次空中飞行，他看着她的侧脸觉得很美好，她也似乎因为身边坐着的他调整了呼吸。花心萝卜在爱情上是很大胆的，所以飞行到中途的时候他就借机攥住了她的手，她没有挣脱，下了飞机两个人就在一起了。

这一下，就是五年。

这些浪漫随着时间推移似乎被忘了，到一年半的时候他们闹得最凶，花心萝卜自认爱上了另一个，跟她谈分手。她说自己想想，回家哭了一阵子，又拿了一些自己写过的东西来看，边看边笑，笑完了又哭，然后跟对方打电话说："我不跟你分手。"

花心萝卜被这个坚定吓住了，说："那你回来吧。"

回来又是吵，像之前多爱之后就必须付出多大的代价，她也疲惫，有时想一走了之。他们很少做爱，他偶尔拥抱她，她偶尔看他熟睡，默默给他盖好被子，走到客厅里抽一根烟，她不知道这是不是一种习惯。

又一次吵架，他咆哮，他说你每天板着一张脸，你都不怎么笑！每次去唱歌一句都不唱，你就坐在那儿，坐在那儿！

那声音巨大得在房间里出现回响，这个时间他们已经换到第二个住处，是刚刚装修完的一个新的家。她觉得内心非常悲伤，可也觉得自己确实真没什么意思，她本来想说“我可以改啊”，说出口的时候却是：“老娘之前就是如此，你瞎啊！”

而后，她冲出了家门像所有的弃妇一样，她觉得被爱人嫌弃这件事儿比较让她难过。后来他知道她每天都去找会唱歌的朋友练发声，还去 KTV 玩实况演习，要别人监督，她错一次，就被毛衣针扎一次。

他们又再度复合，花心萝卜没有办法改变习性，新的人一次次出现。虽然他也检讨说，是的，自己只是迷恋初见时彼此信任、甜蜜、舒适，那段非常重合的美好的感受，虽然他也跟新来者强调自己家里有个女人。高潮是有次竟然和新来者在 KTV 里相见，一众熟人，她俩坐在沙发两端，各有心事，便将身边人一一撂倒，直到两人坐到最近，开始喝酒。

男人也在场，新来者喝到微醺了，输得要败退的样子，发嗲跟男人说你来帮我，男人说好啊，加入战团立刻赢了她十次，她边喝边大笑，最后喝大了也没做什么。男人第二天拥抱她说："你真棒。"

她并不知道他也会看着她熟睡的样子觉得她很可爱，一直都不知道。大奶小姐笑容依然淡定，像是不需要结婚一样。

## 再见了就别回来找我

走不出去小姐走出去了，这天我们在某个火锅店相遇，她神采飞扬，大声招呼着大家，又自作主张地给所有人安排了吃什么小料，她看起来很开心。事实上，她之前在朋友圈里发过很多照片，眼睛黑亮，偶尔卖个萌， 我这半年觉得她变好看了，这天见到真人，觉得，确实是。

走不出去小姐走出去了，这是值得朋友们奔走相告的好消息。她的故事你们可以参见前面的《上一季的人与你无关》，书出版之后她没有跟我聊过，我们还属于那样松散的好友关系，可以长时间不见，见面却毫无陌生感。

这次她似乎做好了准备，我们在火锅店吃完饭，又找了咖啡馆坐下，她说你知道吧，他回来找我了，像突然消失一样，又突然出现。

总有一些极品是值得你“去死”一下。

对方回来了，一身疲惫，看起来很心碎的样子。此时距他离开已经有两年时间，也是走不出去小姐浑浑噩噩、不停转圈儿的两年。这是她发布了一条“彻底忘记”的微博一周之后，这个人坐在她的对面，眼睛里似乎很热切，像从不曾想失去她一样，他说他还是想回到她的身边，而后他用低低的声音说：“我还是想和你在一起。”

走不出去小姐内心晃动了几下，姿态像冬日晴空下大风拂过干裂的树枝，这之前她设想过的情境真正发生的时候，似乎并不那么感动。尤其是两年间她不断反刍和坚固，这个人的再度出现像被隔了一层厚厚的毛玻璃，甚至，声音她都听不真切。可对方，就那么深情款款地，甚至是楚楚可怜地、认真地看着她，说：“嗯，我知道这两年你都发生了什么，在我回来见你之前，我还看过了你所有的微博。”

而后他看着她说：“如果可以，我愿意重新追回你。”我的第二声“去死”脱口而出，捂嘴。我也不知道她现在的神采飞扬跟对方回来有没有关系，我只是觉得这未免太过煽情了，但生活中韩剧一样的剧情每天都在发生，不同的是，我们似乎永远无法像那些主角一样充分保持理性，或者适时落下热泪，飙出一长串有效的话。走不出去小姐当时内心空白一片，是的，我们似乎永远无法对自己深爱的人保持警醒，他们的言行，我们之所以相信，是因为我们愿意相信。

走不出去小姐眼里有一些雾气，又继续讲下去，她说自己内心其实有一些戒备，但似乎又想给他一个机会，她说那你要想清楚噢，对方说："哦。"

于是对方选择再度消失想清楚，直到有一天走不出去小姐打电话过去，他说："嗯，我觉得我们还是更像亲人。"

"去死"，我的第三声脏话飘荡在凌晨的咖啡馆里。走不出去小姐声音稍微扩大了些，说："我也觉得他好像在演电视剧啊。"其实他这两年一直有感情，回头找我的时候正是他工作、感情一塌糊涂的时候。去死！

而后，在这个冬天的某个深夜，走不出去小姐喝多了，打电话给消失不见先生，她骂了脏话，边哭边说。她没说自己讲了什么，但我想，两年的积攒，这一场酒醉来得真是时候。

她一定大哭了一场，消失不见先生这次回头真是一个好的出口，让她回看自己的坚守到底有何意义。

这么说来我是个悲观的人，我常对那些吃回头草的感情没有信心。从功利的角度想，那真像是经过考量之后的权宜之计或者多处碰壁之后无奈的选择，可另一个角度我又充分乐观，我从不信有人能真正对感情死心，很多决定都是暂时的，他需要而已。

她基本讲完了故事，她说："嗯，我觉得他吧，好像在演电视剧噢。"走不出去小姐，恭喜你走出来，恭喜你成为新的自己，变得更漂亮。

## M 夫人的恋歌

M 夫人和邦德最后一次近距离的接触，也没说出那句“我其实很心疼，很爱你们每一个”。她是这种冷峻的女人，短发，干练，说话都只是指令，即便内心一百个想扑到对方的怀里大哭一场，最终也只是说出一句“邦德，你怎么这么晚才来”。

她更像中国电影里的江湖儿女，刀尖上讨生活，不敢深情，太多感受最终都归于无言。

大概是我一厢情愿这样理解了她，尤其是在 007 电影里，她和 007 之间更多像师徒或者母子，不是什么我胡诌的爱情。可，你看，一个节制并要求每一步尽量准确的女人，她过得就是没那么快乐。

我所认识的 M 小姐就是 M 夫人一样的女人，当然她不是一个特工组织的头目，可她也短发、干练、举止得体、服饰考究，与 M 夫人共通的是，她说话也都是指令，对或者错，进去或者出来。如果我不是她的好朋友，我也会像大多数人一样，认为她冰冷、僵硬、不近人情。她住在一个家居摆设像俄罗斯方块一样整齐的房子里，地板明亮，纤尘不染，每一件东西都被她指令到位。我曾设想她规律的生活，行走的路线，买同款的咖啡，在电梯里将刘海梳到合理的位置，下巴是一个固定的弧度，走进办公室，打开电脑，到指定页面……oh my god，每一天。

准确的代价是，日子容易过得千篇一律。她当然也不是个乏味的人，可这样的女人，遇到爱情的概率是脑残女的千分之一，她也承认这一点，但不认为这有什么问题，错误的男人像签单之后的客户一样不可理喻，可明明他们在成为甲方之前，看起来并不那么愚蠢。

毫无疑问的是，准确可以让生活变得更简单，尤其是在爱情上。那些不应该出现或者出现后发生不应该发生性行为的人，那些被定位成烂桃花的家伙，都迅速地被屏蔽在准确之外，消失在她的世界里。

M 小姐当然是谈过恋爱的，或者我猜想，是因为一些未被她告知的故事她才变得节制和准确，这是非常好的自我保护，可看起来就是缺少一点儿干柴烈火。我试图鼓励她赶紧找个人奔赴爱河，她的回复大概是谈何容易啊。直到有一天她跟我微信聊天说起一个人，我知道状况出现了，可 M 小姐告诉我她给自己发出了清晰的指令：撤。

剧情大概是她因为工作的关系和一个人发生互动，而后就是对方开始节制地关心她，这在成年人的世界里算是一种示好。而后她开始思考如何和对方相处，结果发现他又停止了行动，像什么都没发生过。M 小姐在持续了一晚的纠结之后发现这些纠结也许并不准确，于是，像处理暧昧的项目一样，她选择快刀斩乱麻退回到应有位置。

我说其实很多人谈恋爱不会像项目一样一开始就表明立场，更何况感情就是一种幻觉，准确毫无意义。她说她不需要，显然不想把自己置于一种暧昧又难熬的境地。

可当你为一个人揪心，基本上你就算爱上了他。后来的故事果然如我所料，这也证明准确其实就是一种自我设限，男人靠主动表达进入到 M 小姐认为的准确领域，他们在一起了，并去泰国完成了一次亲密的约会。

后来也有摩擦，无非是男人投诉说她谈恋爱像谈项目一样，指令过于详尽清晰，对爱这件事儿又标准明确。这带给他的困扰是，每当他需要用一些方式表达自己在感情中的炙热，都会遇到 M 小姐冷峻的目光，示意他好好待着，这真让他没有存在感。M 小姐对这些投诉感到无奈，她觉得， 闹什么闹。而后她目光投向别的地方，保持着下巴的指向。

我多想告诉这哥们儿：你存在就是一种很好的存在感，更何况，你真的不知道，她为了你可以急吼吼地忙完公事立刻返回上海，只因为要和你一起，过周末。

这天 M 小姐和男人走过街口，绿灯就要熄灭了，她忙不迭地冲过斑马线，还招呼男人也快一点儿，男人在身后慢条斯理地说："请问这是今年最后一个绿灯吗？"她的准确和节奏感一下子被击碎了，没有说出任何话。

我听到这一节，不禁鼓掌赞叹，谢谢这男人，M 小姐需要这种击碎。

## 最凉不过人心

在情感里自认为遭遇伤害并认为自己很有道理的，大多是那些付出很多却没有得到相应回报的人。是的，小时候我们常被教育说“功夫不负有心人”或者“付出总有回报”，却全然没被告诉过，有些事情即便你穷尽毕生热情也很难获得，比如让一个不爱你的人爱你。

可惜的是很多人并不明白这个道理，或者暂时懂得但在自我沉浸于某段故事中后不能完成自我救赎。一段感情烂到根儿的时候他们常常陷入执念，试图叩问负心人的心门，百思不得其解他良心的去处。我可以肯定地告诉你，绝不是被狗吃了。事实上，一般在这份爱里冷淡或者坐拥巨爱的负心汉，常在另一个人那里转换角色，成为孜孜以求追问对方心在哪里的卑微㞞货，这在大世界的背景下如此公平，只是你看不到罢了。

“可能被人辜负”这件事儿是常识，意思是你把一颗心交由别人打理，别人自然有权打碎它，靠不停付出换来片刻感动是有可能的，换来持续心动却不大容易，对方回馈的爱从来不取决于你给的多少。这在商业社会听起来非常离谱非常没有契约精神，可真没办法，爱是一种需求，付出也是一种需求，要想靠付出换来不凉的人心，绝对属于风险投资的范畴。

所以可怜的付出一方，常在数次付出都得不到回报后陷入巨大的死循环，下意识凭借更大的付出来赢得局部胜利，代价则是感情上越陷越深，礼物越买越贵，行为上越来越投其所好，这些行为构成四个难看的字即“满脸堆笑”，却换来对方更深的厌倦。他们有自责感，可这些在不爱的厌倦前显得格外微不足道，他们努力调整试图回馈一些的时候，又被新一轮的付出打败了。势利一点儿讲，付出回报不成正比的感情必定垮台，危险的信号就是你持续地对别人好，对方却躲闪或者并不因此感到开心。我以为常扮演追求者的男人会经常如此，后来发现，很多女孩儿才容易在一段坏感情里成为不停付出被套牢的受害者，这很不公平，也透射出一种一厢情愿的霸道，爱的不讲道理就在于——深爱会毁于失去自我，不停降低下限获得的是最凉不过的人心。

而爱里的委屈一方，她们会哭得梨花带雨，状态是手攥纸巾，身体前倾，目有泪光且咄咄逼人地，把在场倾听者当成当事人来拷问，她说：“你说！他为什么这样对我！”

倾听者无法代替事主回答，又怕立场不对被处于理智边缘的对方锁了喉，只好拿起一杯茶或别的咕咚咽下，示意对方讲下去。

而后是长篇累牍的逻辑清晰的《弃妇致全国人民书》，内容大概是说我怎样对他，而他又如何冷酷待我。

这大概就是好朋友必须承担的责任，或者作为坚强后盾的闺蜜们隔三岔五就要身体力行的绝对义务。一个人自己防范遇人不淑是可能的，让几个亲朋好友同时保持心里和眼光雪亮则不大科学，可其实这样的陈述并不好看，尤其是数月前你也在此时此地与我们分享过这段“特别好”的恋爱。这样的推翻固然值得同情，但从大的时间维度上来看，这些失去和得到都需要接受，它并不突然，甚至有因果关系。从一段自己全心投入的恋爱中，推导出“最凉不过人心”，应该是对感情最坏的总结，也是自己在感情过程中不操控的最大体现。如果说感情中最难得的标准是两情相悦，那是不是我们接纳一段感情时起步价格稍微低了一点儿，换个角度讲，你爱了一个不爱你的人，一个不爱你的人被你暂时搞定了一段时间，这应该是赚了才是。因为，他最凉不过的人心，还曾为你所温暖，并真跟着你假模假式地跳动过啊。

哦，姑娘，你要知道，人心从来不凉，只是人不对罢了。

每个阶段，都有不同的远方。

你根本不知道你在等谁，其实，未来会爱你的那个人也不知道。

这个世界吧，很多事儿跟一百块钱似的，破开了，就没了。

当你爱一个人无法得到时，当一个人说爱你却不想得到你时，都是你该放弃的时候。

说不出来的，才是我最想说的。好的感情未必特别欢欣，可能只是没有疑问。不让你无来由傻笑的爱，都不是真爱。遗憾的是你早已确定审美观，可人生观、世界观还充满迷惑。真爱一个人的时候，晚安之后还想晚安。

甜 品 语 录

也会得到，终会失去，这就是大部分事儿的法则。

我要你好好活着，健康地活着，这样才能眼睁睁地看着我，特别好，特别幸福，特别有钱。

人总是热爱着消失的东西。

一个人时格外期待的，恰恰是两个人在一起时最容易忽略的，比如拥抱。

有时，我们对那些不循规蹈矩的生活充满了向往。

人海茫茫，对过去的人，说声谢谢陪伴。

总有一些误解，人才好活下去。

不失去一个人的最好方法就是别碰他，但大多数时候我们是先手贱，最后落得人贱。

遇到爱，遇到性，都不稀罕，稀罕的是遇到你珍惜的人，同样珍惜你。所谓努力，都是白费力气，好爱不费劲儿。

恭喜你得自由，虽然你可能会感到空，但也是不被扰乱的空。这样，你才能明白到底需要什么，而不是需要一种需要。

你就给那些追你的人同时发个Hi，谁回得快，就跟谁在一起。真的，真喜欢你的人都没有那……么……忙。当然，最终你可能会选那个根本就没回你的人，那你还哭个屁啊。

很难想象，一个人爱你却可以装作不爱你的样子，所以我永远也不信“其实内心特别爱只是没有任何表现方式而已”这样的屁话，即便是有装的，也是装爱吧，哪有装不爱的?

我支持当众舌吻之外的任何表达心中爱意的情人节庆祝方式，很多时候，在爱里，现象就是本质，表象就是真相。

我很替你高兴，又为你忧愁，想起随后，你可能会消失一段时间，然后，有时又会打电话求助我，说啊，说啊，说啊……但整体来说，我还是为你高兴，一个人，总是打不过另外一些人，他们被叫作天敌、劫数、王八、卤水或者爱人。

“我没有问题了，法官大人”，对于一些想不通的人生课题，暂时摊手做这样的答复会让自己显得更轻松和洒脱，也会有更多选择，更多欢乐。所有的被思考，都不过恃宠而骄。

没时间恋爱的说法是不对的，大部分的时候我们有的是时间，没人。我最怕跟人聊“你想要什么”的话题了，也真佩服那些说“我知道自己想要什么生活的人”，我就不知道，至少我无法具体说出来。其实，能说出来的生活都不是我想要的生活。

我的才华就是发现那些好看的人，然后弄得大家都很难看。

整理手机时，我无意中看到之前的短信，我无法理解那时的自己，当然也不讨厌，那都是我干的。最后，我没删那些短信，我需要一些记录。往前走，是因为所有的器官几乎都在人的正面。

当我们渐渐学会接受现实，面对困难，也慢慢学会了如何搞定自己。搞定自己是一门技巧，有的时候会被附赠一些难过。但这样的搞定，对未来的自己好。

每当很累的时候，人就觉得自己特别劳模，连价值都被提升了。其实残酷法则是结果最重要，和你怎么披头散发没有必然联系。没有结果， 花只能开给自己看，谢了。

朴素的人和情感才分外珍贵，太华丽的都容易 MV 化：短，打架，崩溃，死了，然后，唱副歌。

从强制安装儿童座椅这事儿可以看出，强迫做对人好的事情都惹人反感，即便出于爱和安全的角度，所以识字之外，更要识相。

“我只想过平常日子，我要得不多。”——要得还不多吗？要你爱的人爱你，这要的是最多了，比买名牌包、住好房子还要多，堪称——特别要。

何必呢，还会再爱的，永远不要错误地估计自己犯傻逼的能力。

人一有所求，就变得不自然。

人们总是给自己无法轻易拥有的东西赋予高价值，这就是奢侈品和你难以得到的人的秘密。

一学会识趣，人生就懂进退和高贵起来了。

不真正做一件事、爱一个人，你就无法对这件事、这个人失去兴趣。

一般来感动你的，至少有一半先感动了他自己。

一般情况下，你看到妥协，看到不自然，看到莫名的沮丧，才说明这个人爱着你。而你看他，他不看你，基本上就完蛋了。

别逗了，每个人都是渐进需求者，都是利己实力派。说珍贵也不过是暂时的，其实一切都是暂时的，包括咱肉身，要说珍贵，“BreadTalk”才是真贵。

跟你说不想取悦任何人的，基本上他只是不想取悦你。他这样说显得他气场很大，很公平而已，就像说全场促销一样。

人们总善于找到做不了一件事的理由，这可比努力干掉它容易多了。

同样是迟到，戴着墨镜迟到的人，罪过增加一倍。

活着的妙处就是你不知道会遇到谁，和谁在一起，不知道未来的样子。

目前看来，作为一个好看女性的必杀技是和那些爱自己的人保持着合适的距离。不离不散的人，关键时刻，用。

甄嬛，就是个现代女性，总爱帮助比自己弱的，但真要那人比自己强了，她立刻又有点儿难受了，稍被忽略，她就跑出去偶遇果郡王，还主动提到春闺，太有招了。唯有如此，才活得长。

“妈的，怎么是你啊。”每个人在生日零点接到祝福的时候都会这么想一下，即便，这罪恶的念头就像闪电一样快。

你讨厌的人，往往有你羡慕并且做不到的一部分。

爱什么的，大多是一个人在嚣张，一个人在紧张。

当一场恋爱在消耗你的时候，你就知道自己要停止了。因为这个时候你内心在上演各种大片，你要死要活地分一百次了，对方却浑然不知。消耗，是一种非常可怕的事情，比爆炸惨多了，爆炸只是疼一下，消耗可是来回死。

我没有经历你的上次胃疼、上次发热、上次纠结，也没经历你的出生、长大，但好在很多事情还没有发生，一切都来得及；我们相遇的时间就是最好的时间，我愿意和你默默走下去，一切正好，来日方长，然后，你要是处女该多好啊。

“我理解你”——这样骂你、欺负你，你就容易接受了。

常存感激，坚持一些认为，你才可以走下去。

爱最大的苦恼在于你让我得病，可你又是我的药。

每个人心里都有一个捅不破的初恋，还结婚特别早，孩子也生得特别早，每年它们在提醒你，岁月如梭……

真爱你的话，唱跑调了也会被原谅，妆画差了也没事儿。真爱的话，哪有什么错啊，都不叫事儿。

沈佳宜为什么没有主动表白？她还和胖子在一起五个月，又和另外一个中年人结婚了？所以，她不是舍不得男孩儿，是舍不得男孩儿对她的爱罢了。很多故事都是自己美化的，比如那些年我们一起追过的最精的女孩儿，真爱的人没有误会，误会了也会在一起，让他们分开只有一个理由，就是在一起。

所谓姐妹吐槽大会，其实都是变相秀幸福，例句："烦死我了，他动不动就说想我了。"

工作生活最需要准确，不要连带，我最受不了大臣捋着胡子哭，"微臣八代忠良，忠心耿耿"。说的是你祖传的事儿吗？说的是你这件事儿，好不好！拉出去净身。

爱无法靠努力达成，《恋爱的犀牛》里马路倾其所有也没能拥有明明，我痛恨那些因为在自己爱的人那儿得不到满足，而凑合着待在爱他的人身边的人，这种苟且非常功利、自私。不管你多爱她，她如果不爱你，都让她滚远点儿，七环以外。

"垃圾分类，从我做起"——这口号挺狠的。

老婆，我每次理发看自己超过半小时，就会更加爱你，你太不容易了，谢谢你对我的包容。

H&M凭什么出睡衣啊？洗两水，不都是睡衣了嘛。

稍微一被关心，你就想着肝脑涂地回报；稍微关心别人，你就担心用力过猛。

真对你有意思的，才不跟你玩什么欲擒故纵呢，欲擒故纵是讲究技法去追求你，追你跟打兔子似的，都带有不占便宜白不占的心态。这种人，一纵，你赶紧能跑多远就跑多远啊。

很多人的不开心源于——还没到收获的时候，就开始向上帝伸手讨要。

医不自医，理发师不给自己理发，所以千万别信爱情秘诀。摸着对方过河，才是最保险的。

假设一些失去，会让一些得到变珍贵；而假设一些不高兴，会让高兴更高兴。

怕拒绝别人的人，内心都有被人拒绝的阴云，有时拒绝才让一个人的答应更有价值。

别太好人，别太细致入微，别爱得太明显，妈妈就是因为这样，才让儿女们有恃无恐的，你也不能慈祥地看着他吧？没人和妈妈谈恋爱，也没人和知心姐姐谈，对，就是这么残酷。

让我和你一起求一个签，不管是什么，都平静地说：好的。

所以，我就是为你准备的，不来没事儿，等你时间越长，我就越珍贵。

不要因为一次相亲失败就怀疑人生，可以怀疑介绍人，怀疑对方审美，就是不要怀疑自己，不多见点儿森林，怎么能找到好木头。

想太多的人都在给自己找后路，表面是怕你尴尬，其实全是怕自己尴尬。

当别人耍小聪明的时候，我们就装傻，直到他们吐露真相。

买了书又不看，就因为便宜，我觉得这确实和我们从小挤公车长大、没有安全感、怕错过有关。人家一打折，不买就觉得亏了，其实买了放着才是真亏。

1. 不要等不爱你的人，等他他也不会爱你，除非他要死了；2. 不要和不靠谱的人结婚，否则婚后痛苦大于单身；3. 只有合适不合适，没有贵不贵；4. 不该干的别干，干一次，代表你能干下去；5. 不要在暧昧里幻想未来。

你又不是没写过作文，三毛不是写出来的三毛，荷西也不是她写出来的荷西，爱情用来描述的时候，比用来结婚的时候可美多了。

他如果不爱你，你坐在那儿，他都觉得你抢了他的氧气；他若爱你， 你放个屁，他都会说好可爱啊。

如果你吃饭碰到了谁，不能说你们有缘分，只能说明你们能吃到一块儿去，别老加备注。

想起对方时就很平静、从容、感觉美好，就像水果放在那里，不用吃它，却和吃过一样，这也是一种享用。

总有一天会发现你，不因你长得好看，不因你有钱，不因你正好撞翻了一杯咖啡，不因你走在我的前边裤兜外翻，不因我似乎曾经见过你，只因你是你，不是别人，就是好认，我们一样酸。

“睡得好吗？”再没有比这个更陈词滥调、更柔情似水的问话了。

我哪有什么好脾气，我的好脾气，全因为爱你。

爱，让一些人过得不好，可，想想你们高兴的时候，也觉得你们罪有应得，痛苦五颗星的感情，高兴起来有六颗星。

“哪次恋爱让你印象最深？”“特次的那次。”

有一部分人享受的是恋爱中最不好的那部分：纠结，痛苦，站在街上哭，在床上抱着靠枕流泪，用烟头烫自己——其实根本都不会抽烟，喝酒——喝啤酒跟喝了二锅头似的，买酒的时候还特别在乎瓶子好看与否。

我劝你已经劝了一碗刀削面的时间了，我跟你说对方有时突然有反应不是因为他忽然爱上你，而是他怕失去一个爱他的人，你听懂了没有。你说你要去逛超市，我觉得我劝说成功了，你要好好开始自己的生活，然后你说你要去买酸奶——给对方送去。

有的人，真是生命中的冒号配引号啊，你看到他——就想说他。

有的人，就像生命中的分号，明明在一排，你跟他却不是一个意思。

感情里最不好的状态是：你干杯，他随意。

感情里更不好的状态是：你刚喝，他吐了。

感情里最最不好的状态是：你吐了，对方说，啊，你喝的是酒啊？

比起别人的幸运，我们或许不够幸运；比之别人的不幸，我们何止幸运一点点。

一般，签名档写“轻松”的人都不轻松，写“开心”的人也未必开心，“Easy Easy”的人兴许碰到了为难的事情，我们把这种签名称之为

“烧香许愿”。

爱，不好的地方就是不容易被满足，从“只要看他一眼就好”到“只要能和他牵手就好”，又到“只要能和他亲个嘴就好”，最后到“只要能跟他在一起就好”……当然，最不好的，有的时候还会递减到——“只要他别碰我就好”。

成熟是什么？就是看到好花，不折，看着；冲动是什么？就是看到好花，折了，没地儿搁。

你听到那雷声了吗？如果你以整片天为背景，会立刻觉得我们非常近了。

这世界上多少人的爱是这样的：你一定要过得好，但一定别比我好。

没有人愿意被骗，但其实你会发现有些理由很容易被辨认真假，有时你却愿意信，那是你想放过自己，别人替你编了，省了力气。

基本上，每个离开原职位的人，都希望接任他的人不如他，最好还能随便出点儿事。在工作上、感情上，都是如此。

别把“怕孤单”当成“想谈恋爱”，别把“生理需要”当成“心理需要”，别把“都是他来”当成“他很爱我”，别把“得不到想要的”当成“我才不稀罕呢”。

说爱你，又不跟你在一起，说是考验，其实是稳住你，他不要你也不让别人要你，下意识里要多吃多占，饱了也不放下碗，找到更好的了走得比谁都快，不是所有不那个都是“柏拉图”。

总有一天，我们肉体蔫了、欲望减退、牙齿脱落、呼吸都不成节奏，陪着你、听你成宿咳嗽、不停起身给你倒热水的是另外一种爱情——你还理解不了不说话在身边的爱，你还年轻，不怪你。

有些爱情“徒有其表”的意思是，就图对方的长相。

我有个朋友很在意别人怎么看他、怎么说他，和我三十岁以前一样。那时我浪费了很多时间和精力，用于观察我在别人眼里是什么样子的。后来，我明白其实大部分评价非常随意，毫无价值，而且别人怎么想的根本无法控制，就做自己认为对的事情，活得舒坦多了。今天看到他，还是想跟他说：自由，要自己给。

真的，我对自己太好了，跟要追自己似的。

据我观察，在东南亚辨认中国人的方法是：他们不下水，穿着比基尼上仰四十五度——咔嚓，或者，彼此咔嚓，上饮料咔嚓，上菜咔嚓，镜前咔嚓，床头闭眼装睡，右手高举咔嚓。哈哈。

旅行这个事儿，实现是一回事，畅想又是另外一回事，而且，畅想比实现似乎更美妙，对人也是如此。

电话是最不靠谱的沟通方式，因为你根本不知道对方处于何种情境，何种心情，不知他正在车上还是正在床上，所以经常会有情绪不对等的情况，你一百摄氏度，对方零摄氏度。其实电话就是一种打扰，方便是方便，不如写信，也不如真见面。

每个人都认为，没经历过的才是人生，其实都那么回事儿，你羡慕的也在羡慕着你，头上太阳有多一样，人就有多一样。眼神决定遇到对的人，运气决定遇到对的事儿，努力只决定不该遇到的人和事儿的那部分。基本上，和哆啦A梦帮助野比君实现的一样，也会得到，总会失去。

平平淡淡才是真没劲。

不要通过别人的爱情故事不相信爱情，但可以通过别人的爱情故事不相信他爱的那个人——对爱人都不好的人，对你一定也不好。

因爱生娃才是理想之选，次之是因爱生机勃勃，最次也得因爱生财，断不能堕落到因爱生气、生病、生癌、生不如死。

Boya说我：正经太久了，当汹涌而来的好意涌向你的时候，反而会手足无措。——我觉得他最前边漏了一个“装”字。

爱有多绚烂，就有多烂，昨夜又听到了老结局，谁都没有新故事，就像狂欢结束，一地狼藉，聚会地点恰在你家。你得收拾，恢复原状，总会慢慢忘了这次聚会。走了的人，吐着酒气，再和你无关，最后能救自己的只有自己，再牛的爱和人，都熬不过月亮。

你看到的就是你的世界，你搜索的就是你的世界，如果你认为微博就是你的世界，那只是因为，你关注了而已，你不关注就什么都没有，所以你可以决定你。怎么样，有没有自己是上帝的感觉？快，把你的亚当做出来，然后拿出他的一根儿肋骨——烤了吃。

我觉得，包里有一类东西，应该叫作“背来背去”，就是从来没用过，至于是什么，基本上就是除了钱包和钥匙之外的任何东西，描述是：需要纸巾的时候，总是没有纸巾；需要U盘的时候，总是没有U盘；需要薄荷膏的时候，总是没有薄荷膏；需要钱的时候，大部分时候是真没钱。

据说大龄单身男女最后的结局就是：1. 逮谁白眼谁；2. 逮谁扑谁；3.

逮谁说谁；4. 逮谁帮助谁——我不服，翻白眼。

大多数忘记，是不得已；大多数记得，都是故意。

很多的困扰在于策略正确，对象错误，比如，敌不动我不动，可，敌呢？

阎婆惜跟宋江后，宋江很少光顾，偶尔来一次，直说公务繁忙、身体困倦。如花娇妻每次扑上来，宋先生一句：早点儿歇息吧……早上再来纠缠时，宋先生又说：你再睡会儿……古今多少爱，都毁在一句“你先睡吧”。

你每次跟我讲你的胡思乱想，我都会肯定，而你说他感动得哭了，还在你肩头哭。我就会说他喝多了而离你比较近，我顺着你的坏想象力，逆着你的好想象力，这是作为好朋友该承担的当头一棒和临门一脚。而当你抱怨没有《康熙来了》的周一，我也只能回答装什么台湾人，可你还那么爱给我打电话。摊手。

那些为爱迁徙的、为爱暴怒的、为爱掀桌的，总让我们心生景仰，是怎样的一种力量，让你为了靠近他，改变了人生，搬家换地儿重新开始，一点儿余地都不留，尔后在陌生的城市吵架，摔车门，站在路上甩开对方的手！那种炙热的说走就走的拎包入住的爱哟，真是让人感慨：你最爱的作家是琼瑶吧。

再大的眼前事儿，都大不过日后的与世长辞。

虽然很残酷悲观，还是要在晴天里做好随时下雨的准备，就像得到时要做好随时失去的准备一样。这风雨雷电，哪有道理可讲，雨伞要有用，要房子做什么，活着就不算亏本，稍微一高兴就赚。

不用那么近，就不会那么疼，每个人远看起来都很可爱，抱起来就会有伤害。

为什么《猫和老鼠》里的猫永远赢不了？为什么《蓝精灵》里的格格巫永远赢不了？为什么《哈利·波特》里的伏地魔永远赢不了？不是因为正义输不给邪恶，是因为这样才能有更多续集，更多故事。所以爱里弱势的那个，不停输着，也不敢赢，他们心里知道：赢了就没戏唱了，Game Over。

为什么很多痴人，要掉入悬崖了，被人拉住，不说遗言，不交党费，不留密码，单问一句：你到底有没有爱过我？这是多需要死个明白啊。这个时候，我好希望上边的人啐下边的人一口说“你他妈的真沉啊”，然后撒手。

有一些废话还是要回的，要珍惜一切和你没话找话说的人。

有一些人，在你和他同事的时候，你就想：唉，还是做朋友吧；然后， 你和他做朋友时候，你又想：唉，还不如做同事呢。

我们这些人，但凡爱，都热爱；但凡恨，都痛恨；但凡饿，都特饿……

孩子，工作是个很现实的事情，尤其是要承担责任和结果，中间有无数麻烦，解决就完了，有什么可苦恼的，如果遇到比较烦的人和事儿，你就这么想：这是工作的一部分罢了。难道还要求自己挣钱，对方又好看又特别浪漫吗……这里又不是横店……

爱里弱势的一方，因为爱的关系，不能看海，不能听涛声，不能喝酒， 一喝就大，托任何物言唯一志，就是爱他，爱他。但有些忧伤是自己营造的，海水每天冲洗，不分谁在这里洗脚，你的爱与忧伤，终有一天会退潮， 只是有的留下贝壳，有的留下桃核……海哭你妹啊，海哭。

爱里弱势的一方，常陷于退而求其次的境地，比如不做爱人做好朋友吧。这当然是对方想要的最佳答案，于你，却是无尽的纠结、猜忌、不开心，还有比这更难过的事儿吗？看自己喜欢的人聊他喜欢的人，形成两个壮观的痛苦朋友，真是双重活该啊。

爱里弱势的一方，他们很懂事很听话。比如，对方画个圈让他站进去， 他就站了进去，可怜的是大多数站在圈里等待的结果不是对方说：真乖， 出来吧。而是：你有病啊，站在圈里干什么？

爱里弱势的一方，往往最容易担心对方，吃喝拉撒、行走坐卧，但对方一反问有什么可担心的？你就立刻哑口无言了。是啊，你没出现前，他也茁壮成长了那么多年了，担心有什么用？每担心一次，只是确定你在乎他比较多一次而已。

爱里弱势的一方，有时像只羽毛球，被一拍子甩到另外一边，还得轻轻说声："我落地了。"

爱里弱势的一方，总能找到无数宽恕对方的理由，无限延长的等待期。他到底什么时候彻底激怒你？就在你要放弃他的时候。

爱里弱势的一方，常会陷入一种现实中不能完成的逻辑。比如：我绝对不能接受他出轨！他还是爱我的！我也不能接受跟他分手！然后又问：有没有他既不出轨又爱我又不用跟他分手的方法？并陷入无限单曲循环， 我好想拿根铅笔转一转啊。

爱里弱势的一方，在乎对方在乎到细枝末节，所有工具都变成揣测工具：QQ、MSN、微博，各种签名都成了对方的天气指数，包括其是否忙碌、是否隐身、对谁在线也显示隐身、对谁隐身也显示在线，你能管得再细点儿吗？他爱隐身隐去，你问他为什么隐身不如问他要不要跟你，他这么爱隐身可你才是忍者。

爱里弱势的一方，很容易特别高兴，因为对方的某个邀请。但如果对方突然爽约，不高兴大概也会是高兴的十倍，可这也没什么，下次约你——你还是会去的。不经历过，很难懂得。所以，该死哪儿死哪儿去……另外，别边等边死啊。

# 后　记

## 皮卡君

皮卡正在陪我，虽然我知道，“它陪我”是我强加给它的，甚至包括它的憨态，或者它的所谓动作表情。据说狗有三岁孩子的智商，我偶尔会逗逗它，顶多只会三招，比如把球扔出去，等它捡回来；再扔，它玩了几次，终于还是厌倦了，就站在一旁发呆。然后，热乎乎的屁股坐了下来，压住我半只脚，安静地看向窗外。

有时候外边刮风，它站在阳台的门口，仰头望去，偶尔还闭上眼睛，像要感受风吹过头发的感觉。书上说，狗每天要睡十六个小时，可我常常陪它根本不足八个小时，也不知道它在思考什么。大多数时候，它都很平静，走来走去，闻闻嗅嗅，门口有一点儿动静，就会怒吼一声，火箭般冲出去，重重的双脚踏在防盗门上，楼道里的灯亮了，它悻悻地回来，什么都没有。

每天早晚，我都要遛它一次。上街时它最开心，只要看到我穿鞋子，拿起颈圈和牵引绳，它就突然雀跃起来，有时候会突然跳起，在我身上弹两下，或者咬住绳子玩拔河比赛，直到我呵斥它停下来。进电梯后，我叫它的名字，它站起身，双脚搭在我的腿上，脖子抬起，等我挠它。

一般在这之前，比如早上，我要处理它憋不住的尿，用酒精和消毒液混合的喷壶喷湿，再用毛巾擦掉，再把毛巾洗干净，晾在阳台上。它原来很早叫醒我，后来被我镇压过几次，养成了习惯，会静静地坐在沙发上等，看我起来，先兴奋地跳两下，自然也知道自己尿在屋里了，又怕挨揍，就很㞞地躲到床下，直到我洗完毛巾，一切停当，才钻出来，重复上一段的喜悦，欢快地出门。

这确实很累，有时候我忙了一天，它又等不及，加班之后我要再洗尿。每个养狗的人都有一把辛酸泪，它们是很可爱，可只有相处照顾它们的，才知道这背后有多少琐碎。但我习惯了，不管多晚，除非下大雨，我还是愿意带它出去走两步，看它在花丛里跷起后腿，尿得分外惬意，才算心安。

我从不把它当成儿子，但它就像我的一个家人，或者伙伴，我没那么溺爱它。它跟了一个金牛座的主人，也养会了规律的生活习惯，比如遛完后，它就静静看我处理文件写东西，自己枕着前腿睡在地上，舔着小鸡鸡，或者换各种姿势玩几个看起来并不那么有趣的玩具。

我很少训练它，它不会握手，也没有其他特长，只会坐下。我不想让它当一只杂技狗，它内心一定是独立而坚强的，也有一点儿倔脾气。我偶尔出差，放它到店里，它头也不回地就去了。当然，再见到我，它还是压制不住情感，狂跳着，然后拽着绳子回家，迫不及待地解下绳子，到自己碗里喝掉整整一碗水，再看看我，叹了口气，重新开始安静下来。

除了脸，皮卡跟我的性格也有点儿像。随了我，也不知道对它是幸还是不幸。

我不知道为什么写下了皮卡君，就像，我也不知道为什么每天都给它拍一张照片，它陪着我超过两年了，真不赖。我也没始乱终弃，这也真不赖。

我多不好意思，对狗，我都说不出一句，我爱它。